JN227845

「こんなふうに自分でかきまわしたり、広げたり。指だけじゃ満足できなくて、俺の代わりになるものを入れてみたりとか」

「そ…んなこと、してな…ッ」

リスペクト・キス

六青《ろくせい》みつみ

ILLUSTRATION
樋口《ひぐち》ゆうり

CONTENTS

リスペクト・キス

リスペクト・キス

築《ちく》二十五年のマンションを見上げると、部屋の灯《あか》りがカーテン越しに淡《あわ》くこぼれていた。

瀬尾洵《せおじゅん》の胸は、ほっこり温《あたた》まると同時に、シクリと痛んだ。

——ああ、来てるんだ。

彼の訪れを知るたび身体の中心に生まれる、しめつけられるような甘い疼《うず》きと痛みは、洵にとって、もうずいぶん長いつき合いになる厄介《やっかい》な感情だった。

五階でエレベータを下り、最近塗装《とそう》され直したばかりで一見新築に見える廊下《ろうか》を歩く。建物自体は元々しっかりした造りらしく、築年数のわりに住み心地はいい。

音を立てないようそっとドアを開けると、温められた空気とかすかな人の気配が頰《ほお》に触れる。気温差で白く曇《くも》った眼鏡《めがね》を外し足音を潜めて奥へ向かうと、狭いリビングのソファで城戸剛志《きどごうし》が眠っていた。

よれよれのTシャツ、丈《たけ》の足りないスウェットパンツの裾《すそ》から覗《のぞ》く踝《くるぶし》。洗いざらしの部屋着に包まれた長身が、ふたり掛けのソファで緊張感のかけらもない無防備な寝姿をさらしている。

ソフトフォーカスをかけたようにやわらかくぼやけた洵の視界の中、窮屈《きゅうくつ》そうに身体を折り曲げていても彼の背の高さやスタイルのよさ、そして精悍《せいかん》な顔立ちが発する華やかさは少しも損《そこ》なわれない。

洵はソファの前にひざまずき、眠る剛志の髪に手を伸ばした。少し長めの前髪を指先でそっとかき分け、額《ひたい》からこめかみに触れる。

指先からあふれる愛《いと》しさが、眠る男の夢の中まで届けばいい。

いつもは意志の強さそのままに引き結ばれた少し薄めの唇《くちびる》が、わずかにゆるんで吐息《といき》がもれている。その間から覗く白い歯。意外に肌理《きめ》の細かい肌はほどよく日焼けしている。

その頬に触れ、無防備にさらされている唇にキスしたい。女性にはありえない骨張った肩や厚い胸板、逞《たくま》しい腕や背中を思うさま抱きしめたい。そして抱きしめられたい。

普段《ふだん》は完璧《かんぺき》に押し殺している衝動が身体の奥深い場所から身を乗り出し、洵の心臓を痛いほど小突き始める。

——ダメだ。

これ以上許可なく彼に触れてはいけない。

触れるか触れないか。そんなあいまいさで髪の表面を撫《な》で、肩先に少しだけ触れて未練を残しながら手を引き戻す。自分の想いがただの友情なら、どんなに無造作《むぞうさ》に撫でようが抱きつこうが平気かもしれない。けれど洵の指先には、剛志への愛が今にもあふれ出しそうなほど満ちている。その想いは性欲をともなっていて、そうした気持ちで相手に触れるには許可がいる。

それが、洵が自分に課した決め事だった。

剛志のまぶたがかすかに動く。目覚めの合図だ。洵はそっと身を離した。友人の距離へ。

「ん…、洵？　お帰り」

剛志は寝起きのぼんやりした瞳で照れ笑いを浮かべた。二枚目俳優のように整いすぎていつもは少しきつく見える表情が、そのとたん和《やわ》らいで親しみを増す。寝惚け眼《まなこ》でぼんやり気を抜いているにもかかわらず、剛志のまわりの空気は透明感を増し、輪郭《りんかく》がくっきりと浮かび上がる。

頬に落ちかかった前髪をかき上げて耳にかける長い指の動きに、洵の視線は自然に引き寄せられる。仕事で数十ものフェーダーを鮮《あざ》やかに操《あやつ》る指はすらりと長く形がいい。まぶたを伏せ、気怠《けだる》げに首を傾《かし》げて何度も髪をかき上げる。そんな何気ない仕草にすら胸を高鳴らせてしまう自分が後ろめたい。

彼に具《そな》わった天与《てんよ》の魅力は、友人として十年以上親しくつき合い続けてきた洵を未《いま》だに強く惹《ひ》きつけ、慣れたり飽《あ》きたりすることはない。それなのに、その魅力的な指や腕がやさしく触れて抱き寄せる相手は、いつでも洵以外の誰かなのだ。

洵は己《おのれ》の厄介な感情を胸の奥に畳《たた》み込んだ。友人にこの気持ちを悟《さと》らせてはならない。知られてしまえば、気のおけない友人という立場を失ってしまう。

毛の先ほども己の気持ちを悟《さと》らせまいと、長年慣れ親しんだ鉄壁《てっぺき》の平常心を装《よそお》い、洵は目覚めた剛志に微笑《ほほえ》んだ。

「ただいま。今日、休みだったたっけ？」

時計を見るとまだ八時すぎ。レコーディングエンジニアである剛志にとっては食事を終えて、またひと仕事という時間帯のはず。

「緊急記者会見が入ったせいで録音は一時中断、だってさ」

「緊急って、なんだか大変そうだね。今、剛志が手がけてるアーティストって……」

「フロンティア・ゼロ」

「ああ。そういえば会社の娘《こ》がお昼頃《ひるごろ》騒いでたな。メンバーに恋人発覚とかなんとか」

フロンティア・ゼロはデビューと同時にヒットチャートを賑《にぎ》わせているバンドだ。メンバー全員が美形というアイドル要素の強さもさることながら、ヴォーカルの歌唱力と楽曲のよさで十代の少女を中心に熱狂的なファンを数多く獲得している。

洵は、曲と声さえよければ基本的にアーティストのプライベートには関心がないので、会社の女の子のように贔屓《ひいき》のバンドメンバーに恋人がいたからといって昼食も口にできなくなるほど悲嘆《ひたん》に暮れるようなことはない。

とはいえ彼女たちがショックを受ける気持ちもわかる。好きなアーティストや俳優というのはときに恋愛相手と同等、もしくはそれ以上の存在に成りうる。相手がフリーであれば夢を見続けることができるのだ。たとえ自分が選ばれることなど、絶対にないとしても。

「大丈夫なの？」

「テレビでやってるんじゃないかな」

剛志はつぶやきながらソファに座り直し、リモコンを持ち上げた。

「そうじゃなくて、剛志の仕事」

「俺は平気だよ。給料はバンドの事務所じゃなくて会社から出てるんだし。俺より心配なのは奴らの方だ。アイドル色が強かったから、もし今回の件で人気が失速してそのまま持ち直さなけりゃ、予算削られてしょぼいスタジオしか使えなくなるかもしれない」

剛志の顔が、音楽をビジネスとしてしか扱わない企業レーベルへの嫌悪《けんお》で歪《ゆが》む。彼の嫌悪はそうした音楽ビジネスにがっちり組み込まれている自分自身へも向いている。

剛志がエンジニアとして勤めているのは、誰もが名前を知っている大手企業で、音楽産業の他にも家電、通信、情報、サービスなど各分野に実績がある。

「あいつら話してみるとけっこう真面目《まじめ》でさ、顔で売るんじゃなくて本当は音を聴いて欲しいって、何度かプロデューサーと衝突してた。だけどデビューの条件がビジュアル重視路線だったから、……可哀相《かわいそう》だよ」

結局テレビは点《つ》けないままリモコンを置き、ソファに背を預けて空《くう》を仰ぐ剛志の、憂《うれ》いを含んだ横顔に洵は見入った。

これまで剛志が手がけてきたアーティストの中には、新曲を出せばオリコン上位に必ず食い込むというビッグネームが何組かいて、さらにその中には、剛志をエンジニアとして指名してくる者もいる。それだけ剛志が優秀ということだろう。

剛志は耳と勘《かん》がいい。そしてセンスもある。元々音楽好きで洋楽邦楽ジャンルを問わず、わりとなんでも聴いていた。高校時代、洵と会話するきっかけになったのも、たまたま洵が持っていたＣＤがきっかけだった――。

『あ、このバンド俺も好き』

入学式から一週間がすぎても、少し近寄り難さと気難しそうな雰囲気を漂わせていた剛志はそのとたん笑顔になり、嬉しそうに洵に笑いかけてきた。

『……うん。ジャケットがきれいだったから。中はまだ聴いてないんだけど』

本当は従弟《いとこ》に頼まれて買っただけなのに。入学式当日からずっと気になっていた剛志から話しかけられたことが嬉《うれ》しくて、洵は小さな嘘《うそ》をついた。けれどそのことを正直に告《つ》げると、彼の興味は従弟に移ってしまうかもしれない。だからとっさに話を合わせ、そのあとも話題を共有できるよう努めた。

幸《さいわ》い剛志の音楽の好みは幅広かったので、一緒にライヴに行ったりお勧めのCDを聴いて感想を語り合うのは純粋に楽しめた。

一緒に軽音楽部に入部したのは剛志の傍《そば》にいたかったからで、洵は音楽そのものよりもCDジャケットやポスター、フライヤーといったデザイン関係に興味を持った。

剛志が創り出す音や旋律《せんりつ》を聴いて思い浮かぶイメージを、色やデザインに変換する作業は洵にとって新しい発見の連続だった。二年次の文化祭でバンド演奏の他に自作CDを販売したとき、洵がデザインしたジャケットとリーフレットはかなり評判がよく、そのときの手応《てごた》えから、将来デザイン関係の仕事に就《つ》きたいと思ったのだ。

剛志は作曲や演奏自体よりも、理想の音創りという方面に興味と才能を伸ばしていった。

いざというとき潰《つぶ》しが利《き》くよう無難な学部に通いつつデザインの勉強を続けた洵と違い、剛志は専門学校に進み、スタジオのバイトにも精を出し実地で経験を積んでいった。

その結果、誰もが羨《うらや》むような有名企業に所属して仕事も順調。それなのに、剛志はときどきとても辛《つら》そうに見える。

それが、出世や派閥《はばつ》争いの道具として音楽が利用されることへの反発であり、本来音楽とは関係のない場所でアーティストの行く末を決め、ボロボロになるまでしゃぶり尽くした挙《あ》げ句《く》、『賞味期限』が切れたとたん打ち捨てて顧《かえり》みない、大手企業の体質に対する嫌悪であることを洵は知っている。

剛志が洵にだけはそうした不満を吐露《とろ》するからだ。

「早く力をつけて独立して、音楽が純粋に好きでいい音を創りたいって奴らの応援がしたいよな…」

ふっと空を見つめてつぶやいた言葉には、彼の本音が滲《にじ》んでいる。普段はおくびにも出さないそんな心情も、洵の前では淡々と語られる。他の誰にも見せない剛志の素顔が自分だけに向けられるとき、洵は甘い誇らしさと同時に切ない痛みを感じてしまう。

友情と一緒に差し出される信頼に対して、性的な欲望を抱いてしまう自分はなんて浅ましいのだろう、と。

「…ん。そうだね」

剛志ならきっとできるよ。夢はきっと叶《かな》えられる。本人よりも強く確信しながら洵がうなずいてみせると、辛そうだった男の表情が和らいで笑顔が戻る。

「——で、飯はどうする？」

気を取り直して尋《たず》ねると、

「食う」

嬉しそうな返事を聞いて、洵はキッチンに立った。帰りがけに買ってきた惣菜屋《そうざいや》の袋にはひとり分しかない。冷蔵庫の中を確認していると、剛志がいそいそと近づいてきた。

「俺も手伝う」

部屋の間取りはいわゆる１ＤＫ。ひとり暮らしには充分な広さだが、ふたりには狭い。

洵はそれほどかさばらないが剛志の身長は百八十六センチ。ウロウロしているだけで大型冷蔵庫並の存在感を主張する。

小さなシンク前に男ふたりで立とうとすると、かなりの頻度《ひんど》で身体が触れ合う。

「剛志はやすんでいていいよ。ずっと睡眠時間削って仕事してたんだし」

「洵だって疲れてるだろ」

洵の仕事は、親会社である大手製紙メーカーが新しく開発した素材の利用法や宣伝方法を考えたり、逆に顧客《こきゃく》の要望に応じて材料の提案を行う「紙のプロデュース」である。

勤務先である小さな事務所は十人足らずの従業員全員が企画、デザイン、営業に携《たずさ》わり、互いにフォローし合うアットホームな職場だ。

「今日は座り仕事が中心だったから大丈夫」

洵は冷蔵庫から買い置きの野菜を取り出しながら、ごく自然に剛志との距離を取った。

背後に立った男の顔は見ない。

必要以上に見つめない、触れない。かといって不自然に避けたりもしない。

自分の気持ちを完璧に隠しながら、友人としてつき合い続けられるよう努力した結果の距離とバランスを保《たも》つ。

「何作るの？」

剛志が肩口から覗《のぞ》き込んできた。両手がごく自然に腰のあたりに置かれる。

「——……」

落ち着け。こんなのは友人相手のたわいない行為、ただのスキンシップだ。

こんなささいなことで無様《ぶざま》に動揺しそうになる自分が滑稽《こっけい》だった。

洵は剛志を見つめる頻度や時間から、肩に手を置く回数まで、バカみたいに気にしている。それとは対照的に、剛志の方は洵に触れているという自覚もないだろう。

無意識の行為にはなんの含みも意味もない。

「炒《いた》めご飯と簡単スープ」

フライパンを火にかけた時点で、剛志は洵の背中から離れ、調理台代わりの小さなテーブルの向こうに腰を下ろした。

「向こう、片してくれる？」

奥の部屋にはさっきまで剛志が寝ていたソファと小さなローテーブル、テレビが置いてある。さりげなく剛志の視線をよけながら頼むと、「うん」とうなずいたものの動く気配はない。頬杖《ほおづえ》をついて洵の手元を眺めている。

「何かあった？」

「うーん…」

剛志がこんなふうになるのはたいてい何か聞いて欲しいときだ。本人に自覚はないようだが、洵はこの状態をこっそり『甘えモード』と名づけている。ガスの火を止めて聞く体勢に入ろうとした洵を制し、

「飯のときにする」

剛志はようやく衝立《ついたて》の向こうへ消えた。

手早く作り上げた食事を並べると、ふたりで真面目に両手を合わせ、いただきますとかけ声をかけ

炒飯《チャーハン》を頬張る。剛志の顔を見つめすぎないようさりげなく視線を逸《そ》らすと、フロアライトが目に入った。一メートルほどの高さに設定されたそれは、以前剛志が洵のために買ってくれたものだ。

『洵のイメージにぴったりだったから』

和紙を模した薄いプラスチックシートがゆるやかな弧《こ》を描いてシリカランプを包み込み、滲むようなやさしい光を演出している。デザインは細長い円筒形《えんとうけい》というシンプルなものだが、不思議と飽きがこない。

個性をあまり主張せず他のインテリアに溶け込みながら、ほどよい明るさであたりを照らす。たぶん剛志はそんなイメージで選んだのだろう。

趣味のいい家具に喩《たと》えられたことが嬉しい半面、洵は少し皮肉な気持ちにもなる。外側を覆う装飾シートを剝《は》いでしまえば安物の電球が姿を現す。それは自分も同じだ。

洵は自分が偽善者《ぎぜんしゃ》であることを知っている。心の奥に、身勝手で強欲《ごうよく》な自我《じが》が息を潜《ひそ》めていることも、己の求めるまま『それ』の勝手を許せばどんなことが起こるかも。

思い出し後悔した数だけ記憶は鮮明になり、変え難い事実として洵の心にしっかりと根を下ろしている。その『出来事』以来、忍耐強く他人にやさしく接することで、洵は自分の正体を隠し続けてきた。

「美咲《みさき》と別れた」

惣菜屋の鶏唐《とりから》入り焼き飯を三口食べたところで、スプーンを揺らしながら剛志がぽそりとつぶやく。

洵は照明に向けていた視線を用心深く戻し、口には出さず内心で大きくうなずいた。

——やっぱり、そうか。

「振ったの、振られたの？」

この手の会話は慣れっこだ。

洵から見ると、剛志は外見の派手さに比べ、比較的堅実なつき合いを心がけていると思う。これまで何人もの男女とつき合ってきたが、振ったにせよ振られたにせよ、関係の終焉《しゅうえん》にはそれなりのダメージを受けている。ただし関係修復への意欲は乏《とぼ》しい。

「振られた」

「見る目のない彼女だねぇ」

「彼だよ」

「あ、そうか。半年だっけ、つき合い始めて」

「四ヵ月半。その間にデートが六回。毎晩電話が欲しいと言われて努力したけど、週に三回が限度だった。それが原因だったかも」

週に三回。二日に一度、好きな相手から電話がある。洵なら充分満足できる内容だ。

「ちょうどフロンティアのレコーディングと重なってたのか…。相手の彼は、剛志の仕事のこと知ってたの？」

「途中でばれた」

剛志の眉間《みけん》に寄った深いしわを見て、洵はおおよその経緯《いきさつ》を察した。

剛志は仕事柄、コネ目当てや有名人に会わせて欲しいという下心を持った人間に、交際を求められることが多い。

「ミーハー君になっちゃった？」

「あからさまじゃないけど、コンサートチケットとかバックステージパスとかねだられた。断ったら、…ちゃんと理由を話してやさしくやんわりとだぞ。なんかそれを根に持たれて、あとはケチとか融通《ゆうずう》が利かないとか誠意が足りないとか」

「あらら」

想像した通りだ。

レコーディングエンジニアという剛志の仕事は、傍《はた》から見るといわゆる「業界人」になる。本人は、専門色が強いとはいえ会社に所属したサラリーマンのつもりでいるので、そのあたりで意識のギャップができる。

「なんだかな。俺は好きで仕事してるだけなのに、有名人に会えるとか話ができるって理由で異様に羨ましがられたりすると萎《な》える」

心底辟易《へきえき》している溜息《ためいき》を聞くと、なんとか力づけたくなる。

「そのうちきっと、仕事とか交際関係なんか気にしないで、剛志のことを本当に好きになってくれる相手が見つかるよ」

自分だって許されるなら立候補したい。

けれどそれは無理な相談で、剛志は洵を恋人として求めたりしない。それだけは確かだ。

剛志は好きになった相手が異性か同性かということにはこだわらない。そんな男と十年以上親しくつき合いながら、洵は一度も真面目に口説《くど》かれたことがないのだ。

その厳然《げんぜん》たる事実を前にして、甘い夢想《むそう》を持ち続けるのは無理がある。

酔ったり寝惚《ねぼ》けたりしているときに口説かれたことは何度かあるが、それは本来の恋人と間違えられたか、からかい半分の冗談《じょうだん》だろう。

それに剛志は面食いなのだ。

洵はよく言えば癖のない人畜無害《じんちくむがい》、有《あ》り体《てい》に言えば平凡で印象に残りづらい容貌をしている。容姿《ようし》で惚《ほ》れられたことはないし、ドラマのような劇的な告白を受けたこともない。

そして自分から告白したこともない。

相手に好きだと告げる言葉の裏には、『だから自分も好きになって欲しい』という欲求が分かち難く存在している。それは悪いことでも醜《みにく》いことでもないのだと頭ではわかっていても、洵はどうしても苦手だった。

傷つきたくない臆病《おくびょう》者の言い訳だということは充分承知している。けれど報《むく》われる望みがないのなら、わざわざ自分の欲深さを再確認する必要はない。

剛志はこれまで何度も新しい恋人を作ってきた。そのたびしばらく洵とは疎遠《そえん》になり、恋人と別れるとこうして戻ってくる。

仕事がつまったり、ストレスが溜まりすぎたときも弱音を吐きにやってくる。たわいのない会話をしながら酒を飲んだり、ぼんやりと気を抜いて過ごすのだ。

高校時代からの気がおけない友人として必要とされ、信頼されているだけで満足しなければ。それ以上を望めば辛くなるだけ。

こうした会話のたびに、洵はそう自分に言い聞かせてきた。そして今回も。

「…きっと剛志のよさを誰よりも理解して、大切にしてくれる人が現れるよ」

落ち込む剛志をやさしく慰めながら、洵は彼の幸せを祈る。

辛いことや苦しいことがないように。仕事が順調でありますように。剛志が誰よりも幸福でありますように。いつか誰よりも剛志を幸せにしてくれる恋人が見つかりますように。

……最後の祈りは、胸に痛みを連れてくる。

もしも自分が望まれて恋人になれたのなら、彼を悲しませたりしないのに。わがままを言って困らせることも、高価なプレゼントを欲しがることもない。彼に愛されることができたら、他には何もいらない。

「ん、サンキュ」

洵はやさしいなぁ…と照れくさそうに礼を言われ、心の中でそっと答える。

——僕は君が好きだよ。誰よりも好きだ。

剛志は男も女も恋愛対象にできる人間だが、洵がその候補に挙《あ》がることはない。

それを嫌《いや》というほど思い知らされた一番初めの記憶は高一の春。洵の従弟が入学してきたとたん、剛志の興味が彼に移ってしまった瞬間だった。

剛志が女性にしか恋愛感情を抱かない人間だったならまだ救いがあった。同じ片想いでも自分を慰める余地があったのに。

洵は、それまで一年かけて築いてきた自分たちの関係が、単なる級友より少し親しい程度にすぎなかったことにショックを受けた。それ以上に剛志が同性を愛せる人間であったこと、そして一年親しくつき合った自分ではなく、会ったばかりの従弟に対して恋愛感情を抱いたという事実に打ちのめされた。

洵が剛志に恋したのは入学式のあと教室で自己紹介をする剛志を見た瞬間だった。それは正《まさ》しくひと目惚れで、だからこそ剛志が従弟に対して、同じくひと目で惹かれたことが皮肉に思えた。

あの頃のことは今でも鮮明に覚えている。

自己紹介をする剛志に洵の視線は釘《くぎ》づけになった。目が離せない。彼の姿だけが周囲からくっきりと浮かび上がる。そう感じたのは洵だけではないらしく、彼が喋《しゃべ》り始めたとたん、それまでなんとなくざわめいていた生徒たちの注意が自然と彼に向けられた。

剛志は高一の段階ですでに身長が一七五センチを超えていて、成長期特有の縦《たて》に長細い印象は残るものの、手の甲や腕の筋肉は男らしく引きしまり、肩から腕、背中に漲《みなぎ》る力強さや腰から脚へのしなやかなラインは、同性から見ても惚れ惚れするほどだった。

容姿の端麗《たんれい》さを除けば、どこからどう見ても男でしかありえない。しかも自分よりずっと秀《ひい》でた体格を持つ同性に対して抱いた感情を、洵はしばらく憧《あこが》れだと思い込んでいた。

剛志に対する感情が単なる友情ではなく、どうやら恋愛要素を含んでいるらしいと自覚したのは夏休みに入ってからだった。

それまで毎日顔を合わせていたからごまかせていたものが、会えなくなったとたん胸の奥が焼けるような焦りとなって現れた。

声が聞きたい。顔が見たい。会いたい。

用もないのに剛志のバイト先に通っては、たわいのない会話をして別れる。CDショップとはいえ毎日顔を出せばさすがに不審に思われる。声をかけるのは二、三日置きになるよう注意を払い、残りは店の外から彼の働く姿をちらりと垣間見《かいま》るだけでがまんした。

剛志が他の誰かと親しく喋っているのを見つけると悔《くや》しさと焦《あせ》りが生まれた。目や耳、皮膚《ひふ》感覚の全てが彼の一挙一動に注がれて、背中を向けていても剛志の姿だけは探せるほどだった。

夏休み後半になると、なんとか剛志のバイト先の近くに自分もバイト先を見つけようと必死だった。偶然を装《よそお》って声をかければ、そのあとは食事や帰り道を一緒にできるかもしれない。

そんなことばかり考えているうちに、さすがに自分の行動は友情の範疇《はんちゅう》を超えていると自覚した。

恋をしている。

世の中の大半の女が男に、そして男が女に惹かれるように、洵は剛志に惹かれた。

剛志がもしも洵より背が低く華奢《きゃしゃ》だったら、まだ言い訳のしようもあったのに…。自分は男が好きな人種なのだろうか。それとも相手が剛志だから好きなのだろうか。

そんなふうに自分の性癖《せいへき》を真剣に思い悩んだ時期もあったけれど。やがて、片想いしてるだけなら誰にも迷惑をかけるわけでもないと、消極的に開き直った。

自分から告白するという選択肢《せんたくし》が、洵にはない。いつの日か相手から求められ、抱き合う姿を想像しては夜中に何度も寝返りを打つ。それが都合《つごう》のいい身勝手な妄想《もうそう》だということを悲しいほど自覚しながら…。

剛志が洵の従弟に興味を持ち、交際を始め、そして抱いたと聞かされたとき、洵の甘い夢想《むそう》は完膚《かんぷ》なきまでに叩き潰された。

それは、剛志にとって自分がどうしようもなく性的魅力に乏《とぼ》しい人間であり、恋人として求愛されるレベルには達していないという事実を突きつけられた瞬間だった。

身を磨《す》り潰されるような惨《みじ》めさを味わったその時点で、彼から離れてしまえば楽になれたのかもしれない。けれど友人として笑顔を向けられ、

『洵といるとなんだか落ち着く』

他の級友の前では決して見せない寛《くつろ》いだ表情でささやかれると、突き放すことができなかった。

友人として信用され頼りにされても、剛志に新しい恋人ができるたび、洵は自分が無価値な人間に思えて辛くなる。好きになったひとに、同じように好きになってもらえないことが苦しくて、自尊心《じそんしん》は磨り潰され、曇り日の影のように薄れてしまう。

その苦しさに十年耐えてきた。我ながらよく耐えてこられたと思う――。

「ごちそうさま」

食事を終えてフローリングに敷いたラグの上で寝そべっていた剛志が、ソファの脚部に寄りかかり投げ出していた洵の太股《ふともも》に頭を乗せてきた。洵は物思いから覚めて苦笑した。

「重いよ」

「いいだろ、少しだけ」

男の硬い脚では寝心地《ねごこち》などよくないだろうに、剛志はときどきこうして甘えてくる。この無防備な信頼。これがあるから、辛くても離れられなかったのかもしれない。

「寒くない？　眠るならマットレス敷くけど」

「いい。膝枕して欲しいだけから」

照れもなく告げられる言葉を聞くと、剛志が恋人と交わす睦言《むつごと》を想像してしまう。きっと、もっと甘えたりわがままを言ったりするのだろう。こうした触れ合いが少しずつ濃密になり、やがて愛撫に変わり、抱き合ってキスをして……——。

「くすぐったい」

下から笑いを含んだ声が響いて、洵は無意識にまさぐっていた男の艶《つや》やかな黒髪からあわてて手を引いた。

「あ、ごめ…」

「白髪《しらが》でも見つけた？」

「うん。でも見間違いだった」

笑ってごまかす。

ごまかすことにはもう慣れた。本心はいつも打ち消した気持ちの陰に身を潜めている。息を殺し顔をうつむかせ、本当のことは決して言わない。けれど…。

——僕を一番好きだと言って。

ときどき、ずっと封印してきた醜い願いが飛び出しそうになる。

だめだ。それだけは言ってはいけない。

そんなことを願ってはいけない。自分から誰かの一番になりたいと望むのはとても醜い。醜くて浅ましいエゴ。

誰かを好きになり、それを告げることは恥ずべき行為ではないと頭ではわかっていても、染《し》みついた罪の意識が薄れることはない。

それに今さら、どの面《つら》下げて剛志に好きだと言えるのか。理解ある友人の仮面の下に、抱きしめたい抱いて欲しいなどという性的な欲望を押し隠し、ずっと友達のふりをしてきたくせに。夢の中では数え切れないほどセックスまがいのことをした。身勝手な欲望で彼を汚《けが》してきた。

好きだと告げることは、己のそうした醜い部分をさらすことにもなるのだ。そのときの剛志の反応を想像すると身がすくむ。

十年以上友人と信じてつき合ってきた洵が、実は自分に恋愛感情を抱いていると知ったら――。

『おまえが俺を？　冗談だろ。じゃあ、ずっと俺を騙《だま》していたのか？』

そう言ってきっと呆《あき》れる。それから困ったようにつぶやくのだ。

『悪いけどおまえのこと、そういう対象として見たことはないから』

考えただけで血の気が引く。たぶん距離をおかれて、こんなふうに無防備な寝顔を見せ、膝枕をしてくれと甘えてくるようなことはなくなるだろう。

友達のままでは辛い。けれど、その位置を失うのは寂しい。感情の秤《はかり》は危《あや》うい均衡《きんこう》を保っている。

剛志にもらったルームランプの淡い灯りの下で、洵は小さな溜息をついた。

打ち上げ会場に指定されたクラブの隅で、城戸剛志は苛立つ自分を懸命《けんめい》に抑えていた。

コネ目的で近づいてくる、顔も名前も知らない相手をあしらうことがいつもより苦痛に感じるのは、体調が悪いせいだろうか。

なれなれしい口調と媚《こ》びた態度を滲《にじ》ませた女たち。卑屈《ひくつ》なほどへりくだった姿勢で近づいてくる弱小音楽事務所の営業。業界通を気取り大声で自慢話に興じる男。

身内だけならこんなに鬱陶《うっとう》しい思いはしなくて済むのだが、今回の打ち上げは派手な示威《じい》行動を好むディレクターが絡《から》んでいるため、剛志たちが陣取《じんど》っている一角には比較的自由に一般客が行き交い、その分声をかけられる回数も多い。

もののわかった人間なら剛志のような雇《やと》われ人ではなく、権限の大きなディレクターやプロデューサー、もしくは宣伝や営業の要《かなめ》をつかまえて売り込むはずだ。そのあたりが見抜けず、目端《めはし》も利かないのに売り込む意欲だけはぎらぎら滾《たぎ》らせている人間が多い。

とはいえ、彼らばかりに責任があるわけでもない。剛志を初めて見る人間はたいてい彼を名のあるディレクターの秘蔵《ひぞう》っ子か、ブレイク間近のアーティストと間違える。地味な恰好《かっこう》で静かにしていても、度胸の据わった堂々とした態度に見えるせいかもしれない。

「いいえ違います。自分は制作の人間です。しかも下《した》っ端《ぱ》」

そう訂正すると、下心丸出しで近づいてきた人間はたいてい離れていく。

剛志は、こうした場所で知り合った人間をあまり信用しない。どんなに親切に接してきても、それは自分の肩書きに対するものだと経験して学んだからだ。

同じように、自分が所属している会社名を知ったとたん態度を変えるような人間も信用しない。学生時代の知り合いレベルの人間にこのテのタイプが多かった。

数年前、就職して間もない頃。少し意地悪な意図をもって何人かの友人をこうした場所に連れてきたことがある。テレビや雑誌に頻繁《ひんぱん》に顔を出す有名人。その場でしか聞けない業界の裏話。そこで見聞きしたことを剛志はわざと口止めしなかった。

結果。全員が、早い奴はその日のうちに、友人や知人に言いふらしたのだ。

噂《うわさ》はもれなく尾ひれがついて広まり、剛志に近づけば有名人に会える、コネができる、顔が利くなどと無責任にひとり歩きを始め、自業自得《じごうじとく》とはいえ、しばらくは鬱陶しい思いをした。さらに人間不信とまではいかないものの、なんとなく厭世観《えんせいかん》のような斜《はす》に構えた気分に陥《おちい》った。

近づく人間全てに下心があるように思え、顔は笑っていても心の中では醒めた目で相手を見くだしていた。

皮肉な視線は洵にも向けられ、剛志はわざわざ彼を部外者立ち入り禁止のスタジオへ連れていきレコーディングを見学させたり、レーベル主催《しゅさい》のパーティに連れていったりした。

洵はそれら全てを一切口外しなかった。

ふたりきりのときだけ「楽しかった」「驚いた」などと無邪気《むじゃき》に話すものの、第三者がいる場所ではひと言も口にしない。自慢するような気配すらない。

剛志に対しても、音楽という多くの人間に楽しみを提供する仕事に携わり、作り出す一役を担《にな》っていることへの尊敬と理解は示しても、それを理由に特別扱いすることはしない。名のある企業で働き、有名人と接する機会の多いことを羨む気配もない。

洵だけが剛志に対して常にニュートラルな態度を崩さない。特別視せず、かといって卑屈にもならず、対抗意識も競争意識も持たず自然体で接してくれる。

己が所属する組織の規模や格で、無意識に他人との間に序列《じょれつ》を作ってしまうのは、群れの中で暮らす生き物の運命《さだめ》かもしれない。そうした習性《しゅうせい》を嫌いながら、剛志は自分にも他人より優位に立ちたいという欲求があることを自覚している。

下心で接してくる人間や口の軽い友人に嫌悪感を持つのは、自分の中にもどこかにそうした部分があるからだろう。

だからこそ洵の凜《りん》とした潔《いさぎよ》さは何物にも代え難く、ささくれ立った心に沁み入る。

洵だけは信用できる。彼だけは剛志がどんな境遇になろうとも態度を変えず、あの懐《ふところ》深さで受け止めてくれるだろう。

だから剛志は洵の前では本音を出せる。

これまでつき合ってきた恋人たちとは何度も肌を重ねたけれど、洵ほど心を許せる相手は現れなかった。本心を言えないまま、たいていこちらの多忙や相手のわがままのせいで破局になる。

そうして、泣き言をこぼしに洵のもとを訪れると、彼は少し切なそうな顔をして『大丈夫。きっと今に、もっといいひとが現れるよ』などと慰めてくれるのだ。

やさしい指先に髪を撫でられながら、ときどき、こいつが恋人になってくれたらな…と思うことがある。

ごく稀《まれ》に思いつめた表情で見つめられたり、浅い眠りから覚めかけたとき頬や髪に触れてくる指先のかすかな震えに、もしかしたら洵も自分を好きなんじゃないか。そう感じたことは何度かあったものの、すぐに、それは都合のいい錯覚《さっかく》にすぎないと思い直してきた。

冗談まじりに鎌《かま》をかけても軽くかわされるばかりで、それらしい雰囲気に発展することはなかった。何よりも、洵にその気があるなら十年もただの友人でいられるわけがない。とうの昔に自分たちはどうにかなっていたはずだ。

己の魅力にはある程度自信がある。洵が自分になびかないのは、彼が生粋《きっすい》の異性愛者だからに違いない。そのうち可愛い女性《ひと》を見つけて、結婚して子どもができていい父親になるのだろう。それなら、下手《へた》に迫って大切な友人を失うことだけは避けたい。

洵は剛志にとって、かけがえのない存在なのだから。

騒々《そうぞう》しいクラブでの一次会を終え、二次会に流れる前に剛志は洵に電話を入れた。

体調があまりよくなくても、打ち上げの音頭《おんど》を執《と》っているディレクターの手前、簡単に抜けるわけにもいかない。二次会のあと、メンバーがばらけ始めたあたりで姿を消すしかないだろう。

『もしもし』

数回のコールですぐに繋がる。体調が悪い。帰りのつき添い人として来て欲しいと告げると、洵は少しためらったあと聞き入れてくれた。

『三十分くらいで着くよ』

そう言って切れた通話にも、気遣《きづか》いの余韻《よいん》が漂う。自分の頼みが身勝手を含んだわがままだという自覚はあるものの、剛志は洵の心の広さにいつでも甘えてしまうのだった。


三日に一度の割合で剛志が訪ねてくるようになって二週間。金曜日の夜九時。

今夜は来るだろうか。週末用の食材を買っておいた方がいいだろうか。

洵が確認の電話を入れるか否《いな》か迷いながらポケットの中で携帯を転がしていると、ちょうど着信音が鳴り響いた。あわてて表示を見ると剛志からだ。

「もしもし」

『洵？　今どこ』

「会社を出たとこ」

『今からこっちに来られる？』

赤坂《あかさか》にある店の名を言われて戸惑《とまど》う。

「どうしたの？」

『打ち上げの二次会なんだけど、俺、今夜あんまり体調よくないんだ。だけど飲まないわけにもいかないだろ。帰りのつき添い人として店に来て欲しいんだ』

身勝手に思えるけれど、疲れの滲むかすれ声で頼まれると洵には断れない。

「僕はいいけど、部外者が参加して平気？」

『平気平気。俺の友達だって言えば、みんな納得する』

うん、じゃあ行くね。三十分くらいで着くよと答え携帯を切る。地下鉄に乗り窓に映る凡庸《ぼんよう》な自分の姿を見つめ、洵は少しだけ気後《きおく》れしているのを感じた。

店に着いたのは十時近く。表通りに面したビルの地下にあるカクテルバーは、多少の騒ぎなら紛《まぎ》れてしまう音量でBGMが流れ、暖色系の落ち着いた照明の下で、七割ほどの客入りがほどよい熱気をかもし出している。近づいてきたバーテンダーに会釈《えしゃく》を返してから背後を探《さぐ》り、見知った顔がないことに戸惑っていると名前を聞かれた。

「瀬尾ですが…」

「はい、承《うけたまわ》っております。皆さま先にお寛ぎです。こちらへどうぞ」

躾《しつけ》の行き届いたバーテンダーに案内されたのは、ロフトのような二階席。観葉植物で適度に視界が遮《さえぎ》られた隠《かく》れ家《が》的な一角に、一階の席よりもずっと座り心地のよさそうなソファが置かれている。

場はすでに盛り上がっていて、ソファで熱心に話し込む者、杯を重ね周囲に酒を勧める者、頻繁《ひんぱん》に席を移動する者。さらに洵の他にも階下から上がってくる人間が多く、人の出入りも激しい。心配していたほど閉鎖《へいさ》的な空間ではないようだ。これなら自分が紛れ込んでも違和《いわ》感《かん》は少ないだろう。

「洵、こっちだ」

コの字型に配されたソファの中央端から剛志に手招きされて、洵はそっと近づいた。

剛志の左右には美貌と才能を合わせ持つ者特有のオーラをまとったフロンティア・ゼロの面々。その隣《となり》には口ひげ、サングラス、ダーク系のサテンストライプシャツに黒のスラックスという、いかにもな業界系や、革ジャンにリーバイスというラフな出立《いでた》ちの男たちが和気藹々《わきあいあい》とグラスを傾けている。

物創《ものづく》りという共通点はあるものの、普通の会社員である洵にとって、ときに五十万、百万というファンやリスナーを熱狂させうる音楽を創り出し、世に送り出している人々の中に割って入るのはやはり勇気がいる。

「誰？　城戸さんの知り合い？」

剛志の耳元でささやいた美貌が、ちらりとこちらを流し見る。値踏みされるような視線に気圧《けお》されながら、洵は空けてもらった場所ではなくソファの端に腰を下ろし、あたり障《さわ》りのない挨拶《あいさつ》をした。

彼のように小柄なのにスタイルがよくて華のあるタイプは少し苦手だ。

脳裏《のうり》に、高校入学とともに剛志の関心をさらってしまった従弟の面影《おもかげ》が過《よぎ》る。洵は中指で眼鏡を押し上げるふりで表情を隠した。

「そ、俺の友達。洵、こっちに来いよ」

剛志はわざわざ美形ヴォーカルとの間を空けて、もう一度洵を手招きしてくる。

とりあえず言う通りにして、座が盛り上がってきたら少し離れた席に移動すればいい。

おとなしく剛志の隣に座ると、すでにだいぶ酒が入っているらしいヴォーカル君が、

「うわ。城戸さんの『友達』にしてはなんだか人畜無害、癒《いや》し系？　草食動物みたいな人だなー」

悪気のない人物評をしながら人懐《ひとなつ》こい様子で洵の肩に腕をまわし、眼鏡を取ろうと手を伸ばしてきた。

「洵さんて言うんだ。エンジニア仲間？」

「いえ、僕はただの会社員で…」

心持ち身を引いて、指先で眼鏡を押さえながらやんわり否定する。そのまま自己紹介を兼ねた説明を続けようとしたとたん、肩に回された腕の重みがふっと消えた。

「こらこらこら、洵に手を出すな。こいつは俺の大事な相棒《あいぼう》なんだぞ」

剛志はヴォーカル君の腕をつまみ上げると、わざと芝居じみた仕草でポイッと投げ捨て、代わりに洵の肩を抱き寄せた。社交辞令にしても気恥ずかしい紹介だった。だいぶ酒が入っているのだろう。体調がよくないと言っていたのに大丈夫だろうか。心配になってちらりと顔色をうかがうと、やはり目元に疲れが表れている。

視線が合った瞬間、剛志はほんの少しだけ苦笑してみせた。——フォロー頼む。

そんな心の声が聞こえた気がする。

洵が店に着いたときは十名ほどだった打ち上げメンバーは、宴が進むにつれてさらに増え、五つのソファスペースはすっかり貸し切り状態になっている。

理由をつけて座の中央から離れた洵が、ちょうど観葉植物に隠れた席でひと息ついた瞬間、階段から賑《にぎ》やかな声が上がってきた。

「やほー。遅くなったけど遊びにきたよー」

低すぎず高すぎず少しかすれた、けれど艶のあるその声に驚いて振り返り、立ち上がりかけた洵は、そのまま固まってしまった。

「――…こ、煌《こう》……」

「え、洵ちゃん？」

相手も驚いて見つめ返してくる。

「洵ちゃん…！　うわ、久しぶりぃ！」

艶やかな黒髪、ソフトフォーカスをかけたような白い肌を持つ、屈託《くったく》のない笑顔の美青年に抱きつかれた洵は、ひとり掛けのソファに再び沈み込んでしまった。


「オレたち、いとこ同士だよ」

「うそー」

煌にけろりと宣言され、洵はぼんやりとうなずき肯定《こうてい》した。とたんに剛志の友達だと告げたときと同じ反応が返ってくる。従兄弟なので似てなくても不思議はないが、煌の美貌が際立って突出《とっしゅつ》しているため、洵は昔からこのテの反応にさらされてきた。

煌は友人であるフロンティア・ゼロの面々の労をねぎらい、ディレクターやプロデューサーと少々緊張気味に挨拶をしたあと、剛志の横にするりとわり込んだ。喉が渇いているのか立て続けにグラスを空にしながら、ときどき右肘《ひじ》で剛志を突《つつ》いて無邪気にじゃれつく。剛志は少し戸惑ってはいるものの、嫌がる素振りは見せない。

「雨が降ってたのか」

剛志が少し湿った煌の髪に手を伸ばす。

「ううん。シャワー浴びてきた。今夜ライブだったんだ」

「相変わらずインディーズのままか。メジャーでやる気はないのか？」

「ないよ。なに、オレの活動チェックしてくれてるわけ？」

「まあな、いろいろ噂になってるし」

煌がバンドを始めたのは、洵と剛志が所属していた高校の軽音楽部に顔を出したことがきっかけだった。リーダーに顔のよさを買われ、口パクでもいいからヴォーカルをやってくれと誘われて、遊び半分で歌ってみたら…、本人もまわりも驚くほどうまかった。

絶賛されて気をよくした煌はやる気を出し、ヴォイストレーニングに通って音域と表現力を広げ、曲作りにも興味を持った。初めて観客の前に立ったのは文化祭で、煌のステージパフォーマンスは、のちに『伝説の』と冠《かんむり》がつくほど会場を盛り上げた。

千人の群衆に紛れても目を惹き、ひと言発しただけで聴衆が耳をそばだてるような、希有《けう》な資質を煌は持っていたのだ――。

ふたりの会話を聞きながら、洵はじりじりと血の気が引くような焦燥感《しょうそうかん》を味わった。

なんてことだ。ふたりがまた再会するなんて。そしてその場に自分がいるなんて。

最悪だ。

煌が現れたとたん、剛志の興味はごく自然に彼へと流れた。

両手が白くなるほど強く握りしめながら、洵は数年ぶりに再会した従弟の姿を目で追う。

ほぼ完璧に左右対称を描く切れ長の瞳。思わず触りたくなるようなきれいな鼻筋。二十五の男とは思えない滑らかな肌。頬や首筋を無造作に彩《いろど》る癖のない黒髪が、うなずいたり首を傾げる仕草に合わせて悩ましく揺れ動く。手間と時間をたっぷりかけて制作されたCGキャラクターのような、現実離れした美貌で煌は気さくに笑い、会話に加わり、周囲の注目を瞬《また》く間に集める。

煌と初めて接した人間は、まず彼の美貌に惹かれ興味を示す。さらに洵と煌が従兄弟同士だと知ると、幾通《いくとお》りかの反応を示す。

驚く者、煌に比べてあまりにも冴《さ》えない洵に同情する者、彼に近づくために洵を利用しようとする者。それから、煌に惹かれて洵から離れていく者——。

昔から洵に近づく人間のほとんどが煌目当てだった。外を歩いただけで他人の注目を惹きつける従弟と違い、洵の容姿は十人並。パーツの配置は悪くないが、とにかく目立たない。その代わり穏やかで人あたりがよく、友達が多かったのがせめてもの慰めである。

逆に煌は人見知りが激しく、思春期を迎える頃まで洵にべったり依存していた。

煌の母はその日の気分によって子どもを溺愛《できあい》したり無視したり、ときには怒鳴りつけたりする情緒《じょうちょ》の安定しない女性だった。おまけに彼女の浮気のせいで家の中では喧嘩《けんか》が絶えず、煌は二、三歳の頃から瀬尾家に預けられることが多かった。

頻繁に寝泊まりするようになったひとつ年下の従弟に対して、洵はまるで弟ができたように喜び、いそいそと世話を焼いていた。

「洵ちゃんがうらやましい…」

夜中に布団《ふとん》の中からくぐもった泣き声が聞こえると洵は寝返りを打ち、不憫《ふびん》な弟分を抱きしめてやった。その頃の記憶が、煌の洵に対する依存体質を育てたのかもしれない。

幼稚園に通うようになると、洵は自分と従弟との違いを知るようになった。

並んで歩けば誰もが煌を振り返る。幼稚園でも親戚《しんせき》の集まりでも、デパートで買い物をしていても。弟のように接していても、他人の注目と関心を易々《やすやす》と集め、ちやほやされる煌に対して、子ども心に、いや子どもだからこそ羨ましさが募《つの》る。家の中では両親が分《わ》け隔《へだ》てなくふたりを扱ってくれたけれど、逆にそれが洵にとっての不満でもあった。

だから五歳のある日、洵は一度だけ過《あやま》ちを犯した――。

それは人として、煌の兄代わりとして、信頼を寄せてくれた人間を裏切る行為だった。

煌が戸の陰で立ち聞きしていることを知っていて、洵は母親にねだったのだ。

『ぼくがいちばん好きだって言って』

母は煌が昼寝をしていると思い込んでいた。そして幼い我が子が煌と比較され、寂しい思いをしていることを理解していた。だからわずかにためらったあと応えてくれた。

『洵、おまえはお母さんの大切な宝物。誰よりも一番大好きよ』

温かな母の胸に顔を埋めながら、洵はちらりと廊下を盗み見た。かすかに差し込んでいた戸口の影が、静かにひっそり遠ざかる。

たぶん煌が本物の弟だったら、母は『どちらも一番』と言っただろう。

実の母に疎《うと》まれ、頼りにしていた従兄と伯母《おば》からも裏切られたかたちとなった煌が、そのときどれほど傷ついたか。

過去を振り返るたび、洵は己の残酷さを胸に刻む。

『おまえが一番よ』

どうしても欲しくてねだった言葉なのに、それは洵の心にも消えない傷を残した。

自己嫌悪と、罪悪感という名の傷を。

その後、煌は洵の仕打ちに無言で抗議してきた。熱を出し嘔吐《おうと》をくり返し、ふさぎ込み、洵の前でだけ癇癪《かんしゃく》を爆発させる。

それら全ての原因が自分のせいだと知っているから、洵は従弟のわがままを受け容れた。彼がわがままを言えば言うほど、自分の行為がどれほど無慈悲《むじひ》であったかを思い知る。

罪滅《つみほろ》ぼしのつもりで前以上にやさしくなり、体調を崩しやすくなった煌に母親がかかり切りになってもがまんした。何があっても煌のことを一番に考え、彼を優先した。

その結果、元々人見知りの激しかった煌はますます洵を頼るようになってしまった。

わがままは歳とともに多少改善されたものの、洵が自分以外の他人と仲よくすることを嫌がるほどの執着《しゅうちゃく》は、偏愛《へんあい》と呼んで差し支《つか》えのないものだった。

中学生になり背が伸びると、煌の容姿は『女の子のような可愛いさ』から中性的に、やがて少年特有の凜々《りり》しさを備えた美貌となり、近隣学区でも噂になった。

煌と連れ立って歩いているだけで注目を浴び、飲食店や雑貨屋などでは女性店員からおまけをもらったり安くしてもらうなど、洵ひとりではありえないメリットを受ける。

そうしたおこぼれ目当てで友達になりたがる男子は多かったし、単に顔に惹かれる女子も多かった。

しかし本人は相変わらず、洵以外の人間とは積極的に交わろうとしない。小学生の頃と違うのは、洵に近づく人間の興味を自分に惹きつける術《すべ》を覚えたことだ。

洵が誰かと親しくなるたび不機嫌になり、わがままを言って困らせる代わりに、洵が好意を抱いた相手に取り入り引き離す。

先に洵と親しくなった人間が、煌を紹介されたとたん態度を豹変《ひょうへん》させてしまうのは、そういう理由もあったのだ。しかし洵にとっては、自分に近づく人間の多くは煌目当てで、自分は単なる仲介役《ちゅうかいやく》もしくは引き立て役にすぎない——。そんな惨めな経験の連続だった。

自分が犯した過去の過ちに対する強い罪悪感がなければ、とうの昔に煌とのかかわりを投げ出していただろう。

高校受験に通学可能地域内で一番の難関校を選んだ理由は、煌が簡単に追ってこられないようにするためだった。いいかげん煌から自由になりたくて猛勉強した。その甲斐《かい》あって受験は成功。新しく始まった高校生活は城戸剛志との出会いもあり、楽しく充実したものだった。

けれど一年後。洵を追いかけてきた煌の入学によって、幸せはあっけなく消え果てた。

「…それにしても、剛志みたいな気むずかし屋と洵ちゃんがずっと続いてたなんて驚き」

煌の少し拗《す》ねた声に、洵は我に返った。

「洵はおまえと違って性格がいいからな」

「なんだよそれー」

憎まれ口をききつつ、ふたりは楽しそうだ。

洵がぼんやりしている間に、打ち上げメンバーの大半は帰り支度《じたく》を始めていた。すでに姿を消している者、酔い潰れて朝まで居座るつもりらしき人影が数人。あたりには宴《うたげ》のあとの気怠《けだる》さが漂っている。

「剛志は、このあとどうするの？」

「帰って…寝る」

「あはは、色気がないなぁ」

あとから参加した煌はまだ飲み足りないのか、剛志と洵を手招いて新しい席に移動した。くの字型のソファの一辺に煌と剛志、もう一辺に洵が座る。

「もう一軒つき合ってよ。久しぶりに会ったんだから旧交を温めるってことでさ」

「ダメだよ煌。剛志はあまり体調がよくないんだ」

洵はとっさに従弟のわがままを遮った。

ふたりきりにはしたくない。いつもは用心深く心の底に沈めていた嫉妬《しっと》が古傷のせいで顔を出す。じりじりと湧き上がる焦燥《しょうそう》感で、こめかみに嫌な汗が滲む。

「へえ…」

煌は少し驚いて洵と剛志を見比べたあと、猫のような微笑みを浮かべた。

「何、ふたりってつき合ってるわけ？」

「ちが…！」

「ばか言うな！」

洵と剛志は同時に否定した。

自分はともかく、剛志まで焦っているのがちくりと引っかかったが、理由を確かめる術はない。

「なーんだ。妙に馴れ合ってるから、てっきり一線超えたのかと思ったら」

「煌、ちがうよ。僕たちは友達としてつき合ってるだけで…」

「そうだ。友人として清く正しいつき合いだ。変に勘ぐるな」

畳みかけるように訂正された煌は、ますます胡散臭《うさんくさ》そうな顔をしてみせた。

「ふうん？」

間接照明の淡い光の下から真意を探るような視線が洵に向けられたあと、濡れてきらめく黒曜石《こくようせき》の瞳は剛志に移された。

その瞬間、ざわりと嫌な予感が背筋を伝う。恐ろしい予感に、洵は小刻みに震える指先を握りしめた。同時に煌の少しかすれた声が甘ったるく響く。

「じゃあさ、オレたちまたつき合わない？」

もちろん大人の。そう言い足して、煌は滴《したた》るような色気をまといつかせた指先を、剛志の手にそっと絡ませた。

恐れていた展開に、洵は目眩《めまい》のような既視感《きしかん》を覚えた。

最初は洵と親しくなったのに、煌に会ったとたんそちらに興味を移してしまった人々。

洵が長い時間をかけて育《はぐく》んだ友情や、ときには親愛の情を、煌はやすやすと奪っていく。

高校時代の剛志もそうだった。

……いや煌も剛志も悪くない。責められるのは、剛志の関心を引き止められなかった己の魅力のなさだ。何度言い聞かせたことだろう。誰も悪くはないのだと。

それでも煌を憎みそうになるとき、洵はひとつの情景を思い出す。

『ぼくをいちばん好きだと言って』

あのとき、自分は世界で一番の愛をもらった。そして煌を傷つけた。

自分が好意を寄せた相手が、煌に惹かれて去っていくたび胸を裂かれるように感じるのは、あのときの彼の痛みを償《つぐな》うためだ。

煌と一緒にいると罪悪感と劣等感《れっとうかん》が同時に湧き上がる。二重の苦しさは放置された血痕《けっこん》のように、すっかり洵に染みついてしまった。

高校時代、煌と剛志のつき合いは一年足らずで破局を迎えた。何が原因だったのか詳しいことを洵は知らない。けれど再会を喜ぶくらいだ。嫌い合って別れたわけではないだろう。

剛志は、きっとまた煌を選ぶ。

くり返し突きつけられる容赦《ようしゃ》のない現実に、音を立てて血の気が引いていく。頬がそそけ立ち、自分の顔色が変わったことを察して、あわててふたりから顔を逸らす。動揺していることを剛志にだけは知られたくない。

洵はテーブルの端に置かれたアイスペールを引き寄せ水割りを作り始めた。何かしていなければ叫び出しそうだった。深呼吸を何度もくり返し、手元のグラスに集中する。剛志の注意が煌に向いている間に落ち着いて、冷静にならなければ。

意志では止めようのない震えをごまかしながら、苦労して作った新しい水割りをふたりの前に差し出すと、それまで呪縛《じゅばく》されたように煌を見つめていた剛志の視線が洵に向く。

「──洵は、どう思う」

「え…？」

驚いて見返すと、剛志はわずかに苛立ちを含んだ眼差しで洵を見据えてきた。

「どう…、って」

剛志の真意がつかめない。どこか傷ついたようなすがるような声音で確認され、洵はうろたえた。

どう思うかと問われて本心がさらせるのなら、つき合ってなど欲しくない。

救いを求めて剛志を見つめかけ、あわててずれてもいない眼鏡を押し上げて表情を隠す。そのまま手のひらで口元を覆い、うつむいて意味のない笑みを浮かべながら、この場をやり過ごす方法を必死に考える。

同時に心のどこかでけしかける声がする。

今がチャンスだ。煌とつき合って欲しくないと言ってしまえ。剛志は「なぜだ」と聞いてくるだろう。そして尋ねながら察するはずだ、洵の想いを──。その先は……。

成りゆきの危うさに目眩がする。

痛いほど高鳴る胸を押さえ、洵はいつもならすぐに却下《きゃっか》してしまう選択肢に惑《まど》わされた。

剛志のすがるような瞳。

自分にわざわざ意見を求めるその真意を、都合よく解釈していいのだろうか。

「…それは」

唇を開けては言葉にならないまま閉じる。

追いつめられて強張る頬に、ふと強い視線を感じた。顔をわずかにずらすと、煌と目が合う。濡れたような深い色合いの瞳には、責めるのとも牽制《けんせい》するのとも違う、何か複雑な感情が揺らめいている。

もの言いたげなその瞳を見つめるうちに、愚《おろ》かだった幼い頃の記憶を刺激され、それ以上深く考えられなくなった。

ここで煌の恋路《こいじ》を邪魔すれば、幼い頃に犯した過ちをくり返すことになる。

洵はもう一度、従弟と剛志を見比べた。

高校二年の夏休み、自分との約束を反故《ほご》にして煌とふたりで遊びに出かけてしまった剛志の後ろ姿が甦る。十年間、『友人』としてしか必要とされなかった事実も思い出す。

どのみちここで本心を告げても、何も変わらないし意味もない。

「…それは、剛志が決めることだし。好きにすればいいと思うよ」

奇妙に平衡《へいこう》感覚を失った頭で、洵はそう結論を出した。

他になんと言えばいいのかわからない。

いくら従弟とはいえ、つき合うことにわざわざ了解を求められるような歳でもない。

高校時代につき合い始めたときも、洵には事後報告だった。

——ああ、そうか。

洵は剛志の奇妙な質問の意味を察した。剛志は一度ダメになった相手とやり直すことをためらっている。だからきっと背中を押して欲しいのだ。

「煌とは僕もずっと会ってなかったからわからないけど、一度別れてから何年も経ってるんだし、昔とはまた違うんじゃない。もう一度やり直せば…」

今度はうまくいくかもしれない。微笑んでそう続けようとした瞬間、喉奥から迫《せ》り上がる激情の先触れに洵は口をつぐんだ。

どうして自分がこんなことを言わなければならないのか。好きな相手が自分以外の人間とつき合うことを勧めるような惨めな真似《まね》を。

自分で出した結論の、あまりの滑稽さに涙が出そうになる。

「——…っ」

洵は口元を手のひらで覆い、席を立った。

「洵、どうした？　吐きそうなのか」

飲みすぎのせいだと勘違いしてくれたなら好都合だ。洵はふたりから顔を背け、心配して立ち上がりかけた剛志を突き出した手のひらで制し、ひとりでレストルームへ向かった。磨き立てられセンスのよいインテリアに飾られた広い個室に飛び込み、便座を椅子代わりにして座り込む。

「…う…——」

こぼれ落ちた涙でスラックスに染みができる。巻き取ったトイレットペーパーの塊《かたまり》に顔を埋《うず》めて、洵は声を殺して泣いた。

剛志が煌になんと返事をするつもりなのかは知らない。知りたくもない。けれど結局知ることになる。その結果も予想がつく。

きっとふたりはまたつき合うに違いない。――今度こそ、駄目かもしれない。

これまでぎりぎりのところで自分をごまかしてきたことが、壊れてしまう。

これ以上は耐えられない。

もれそうになる嗚咽《おえつ》を噛《か》みしめていると、コツコツと遠慮がちにドアが叩かれた。

洵は鍵を確認すると、息を潜めて相手の言葉を待った。

「洵ちゃん…。大丈夫？」

心配を含んだ小声は、洵が恐れ、そして期待した男のものではなかった。

「具合が悪いなら送ってくよ」

元凶《げんきょう》である従弟の気遣いに、溜息を吐《つ》きながら気怠く答える。

「いい。吐いたらすっきりした。それより上着と鞄《かばん》持ってきて」

「どうして」

「帰る」

「洵ちゃん…」

「煌。頼むから」

ドアの向こうで煌の気配が遠ざかるのを確認して立ち上がり、洵は個室内に設《しつら》えられた洗面台で顔を洗った。目の赤さは隠しようがないけれど、吐いたせいだと言えば納得するだろう。軽く身仕舞《みじま》いを整え、用心してそろりとドアを開けると、言われた通り上着と鞄を手にした煌が立っていた。

「ありがと」

視線を逸らして礼を言い、上着に腕を通しながら、自分が呼び出された理由と役割を引き継いでもらう。

「剛志…、今夜は本当に体調がよくないから、早めに家まで送ってやって」

「逃げ出すわけ」

「な…に？」

不穏な言葉に驚いて振り向くと、煌はどこか挑戦的な瞳で洵をにらみつけていた。

「今夜オレと剛志をふたりきりにしたら、本気でもらっちゃうよ？」

「本気で…って、じゃあさっきのは冗談だったのか？」

「洵ちゃんわかってるだろ、問題はそこじゃない。いいかげん、逃げまわるの止《や》めなよ」

「何を言って」

呆れ口調で責められ、言い返そうとつめ寄ったとたん、煌の背後のドアが開いて客が現れた。ほどよく酔っぱらった酔客《すいきゃく》は、向き合うふたりを不思議そうに見比べてから個室へ向かい、すれ違いざま煌の美貌に気づいたのか、ちらちらと何度も振り返り、少し乱暴にドアを閉めた。

「出よう。ここにいると迷惑になる」

返事は待たず、洵はレストルームを出た。

本当はこのまま姿を消したかった。しかしそれでは、あとで剛志に何を勘ぐられるかわからない。

洵は二階に戻り観葉植物の合間から剛志の視線を捕らえ、手を振って別れの合図を送った。ソファに座っていた剛志が驚き顔で腰を浮かせたのを最後まで確認せず、視線を断ち切って階段を駆け下りる。店の外へ出ると今度は階段を駆け上がり、表通りに出るとすぐに走り出した。一番最初の小路に飛び込み、さらに二回、適当な細道を曲がったところで振り返る。

「……──」

逃げる洵の姿を見失ったのか、それとも最初から追いかけてなど来なかったのか。

排気ダクトと素っ気ない裏口が並んだビルの谷間に、洵が期待していた男の姿は見あたらなかった。

何度かけても虚《むな》しい留守電メッセージしか返さない携帯をポケットにねじ込み、剛志は肩を落とした。その腕にするりと細い腕が絡みつく。

「気になる？」

「あたり前だろ」

終電の時間はとっくにすぎているのに、店の外はネオンと街灯で眩しいほどだ。

三人で飲み始めた分は打ち上げとは別会計で、煌には手持ちがなかった。剛志が急いで精算を済ませ店を出たとき、すでに洵の姿は影も形もなかった。

会計などあとにして、煌だけ残してすぐに追いかければよかった。いやその前に、洵がトイレに立ったとき制止を無視して追いかければよかったのだ。

『具合が悪いのに大の男がふたりで押しかけたら落ち着かない。オレが様子を見てくる』

煌に言いくるめられ、素直に従ったのが間違いだ。

「どうして洵をひとりで帰したんだ」

わざわざ剛志の目を盗み、洵の上着と鞄をトイレまで運んだ煌の行動を責める。

「洵が帰りたいって言ったから。ちなみに吐きそうって言ってたのは嘘だったよ」

「なんだよそれ」

「オレたちの邪魔しちゃ悪いって思ったんじゃない。相変わらず思いやりがあるねぇ」

飄々《ひょうひょう》と告げる煌の声音には、どこか揶揄《やゆ》する響きがある。

「『剛志は体調悪いから早めに家に送ってやって』だってさ。やさしいよね」

「ああ。俺たちとは大違いだ」

『俺たち』に力を込めて言い放つと、煌は初めて申し訳なさそうに肩をすくめてみせた。

「…本当に体調悪いの？」

「ああ」

「じゃあ、送ってく。洵にも頼まれたし」

煌は道端で手を上げ、タクシーを止めた。

ここから剛志の部屋までならタクシー代もそれほど高くはない。けれど洵のマンションまではその五倍近くかかる。

今夜は自分の部屋に泊めるつもりで呼び出したのに、こんな成りゆきになって申し訳なくてしかたない。乗り込んだ車の中で剛志はもう一度電話をかけ、留守録に『すまなかった』と謝罪を残した。

洵が本当に自分たちの邪魔をしては悪いと思って席を外したのなら、わざわざ追いかけて言い訳をするのは変だ。変だということはわかるが、剛志は言い訳したい。

自分でもどうしてこれほど焦っているのかわからない。これまで何人もの恋人とつき合ったり別れたりしてきたが、これほど洵に対して後ろめたいと感じたことはなかった。

――たぶん今夜の洵の態度のせいだ。いつもと違ったのは洵の方で、俺じゃない。

通じない携帯をにらみつけながら剛志が必死に自己弁護していると、煌がつぶやいた。

「相変わらず仲いいんだ。頻繁に会ったりしてるわけ」

「まあな」

「で、洵とはもう寝たの?」

手の中から取り上げた携帯の電源を勝手に切ろうとしている煌に向かって、剛志は釘を刺した。

「おまえな、変な絡み方するのは止めろ。さっきも。洵は俺たちとは違うんだから」

「違う…かなぁ」

「あいつは大切な友達だって言ってるだろ」

「…へぇ、そうなんだ」

煌の瞳が微妙《びみょう》にゆらめく。呆れたように、面白がっているように、そして何かを企《たくら》んでいるように。

ひとつ年下の美貌の青年に見つめられると、胸の奥でひっそり育まれている洵への不埒《ふらち》な想いを見《み》透《す》かされそうで居心地が悪い。

剛志は視線を逸らし、車窓を過《よぎ》る街灯の明かりに目を細めた。

剛志が初めて洵の美点に気づいたのは高校一年。席が近いという理由でなんとなく連《つる》み始めた頃だ。一緒に入ったコンビニで、買うつもりのない菓子の箱を不注意で落としてしまった洵は、きちんとそれを買った。店員に見られたわけでもないのだから、こっそり戻してしまえばいいのに。剛志がそう耳打ちすると、

『だって、落として粉々になった箱を戻したら、次にそれを買っちゃった人に悪いだろ』

当然のことのように答える。

剛志のまわりには今までいなかったタイプだ。剛志なら、たとえ自分が欲しかったものでも、そして自分の不注意で落としたとしても、棚に戻して新しい商品を買っている。

それはずいぶん身勝手な行為だったのだと、直接指摘されたわけでもないのに理解できた。

洵はそのあと粉々に砕けたチョコ菓子を見て笑い、文句ひとつ言うこともなく、嬉しそうに剛志と分け合い平らげた。

それまで剛志の洵に対する評価は、控えめで、だからといって暗いわけでもなく、一緒にいてもうるさくない。そんな程度の認識だった。けれどその一件で、洵と自分の一部が目に見えない接続ケーブルで繋がれたような気がした。眼差《まなざ》しひとつでデータのやり取りができるような…。まだ常時接続とはいかないけれど、胸の中の少し特別な場所に、瀬尾洵という人間がするりと入り込んだのは確かだった。

コンビニで示した洵の態度が、一過性《いっかせい》のものでも剛志へのポーズでもないことは、その後の彼を見ていればすぐに理解できた。

電車で席を譲る。道で立ち止まるときは、通行人の邪魔にならないようさりげなく端に寄る。
十六、七といえば自分たちが世界の中心にいると思い込めるほど粋《いき》がっている年頃だ。そんな中、洵はごく自然に他者への思いやりを示していた。押しつけがましさはなく、自慢することもなく――。
そのやさしさを一方的に利用するかたちで終わった今夜の出来事が、剛志の心に再び重くのしかかる。

いくら言い訳をこねくりまわしても、自分の行為が理不尽だったことに変わりはない。

――会って謝りたい。謝って許されたい。

『なんでもない。大丈夫だよ』と、いつものやさしい笑顔とやわらかな声で慰めて欲しい。

今夜のような後味の悪い別れ方をしたのは初めてだ。剛志は自分がこれほど洵の反応を気にすることになるとは思わなかった。

「同じ東京《とうきょう》にいて、音楽に携わってるのに、会わないでいられるもんだねぇ」

何年振りだっけと煌に水を向けられ、剛志は車窓から視線を戻した。

「五年…かな。おまえこそ、洵とちゃんと連絡取ってなかったのか？」

「だってオレ、洵に嫌われてるもん」

「まさか」

「う…ん、嫌われてるのとは違うか。苦手だと思われてるはず」

「そうなのか」

「そうだよ。気づかなかった？　洵はずっとオレから離れたがってた。高校だってオレには無理そうな進学校選んでさ。まぐれでオレが受かったとき、伯母さんたちは大喜びしたけど洵は内心がっかりしたはずだよ」

「そうなのか…」

全然気づかなかった。

「洵は本心を隠すのがうまいからね」

「――…」

思わせぶりなその言い方が妙に引っかかる。どういう意味かと問い質《ただ》そうとして、続く言葉にかき消されてしまった。

「まあ、あの頃のオレって、我ながら洵への執着っぷりが度を超してたからなぁ」

確かに。煌は入学したとたんアイドル顔負けの容姿で全校規模の有名人になったものの、ひとつ年上の従兄である洵にくっついて、他人には滅多《めった》に気を許さなかった。

「傍から見てたら、思慮《しりょ》深くてやさしくて思いやりのある兄貴と、わがままな弟分にしか見えなかったけど」

「あはは。そのわがままな弟分がちょっと誘ったら、簡単になびいたのは誰だっけ」

「…俺だよ」

剛志が素っ気なく返すと、煌はふふ…と楽しそうに笑った。

「あのとき、オレたちがつき合い始めたとき、洵はなにか言ってた?」

「いや。少しびっくりしてたけど、すぐ納得した。昔からおまえはよくモテたって。お似合いだねとか言われて驚いた。あいつ昔から同性同士ってのに偏見なかったんだよな」

「傍にオレがいたからね」

ああそうかと納得したところで車が止まる。

当然のように剛志が全額精算して車外へ出ると、頼まれたつき添い役を全《まっと》うするつもりなのか、煌が寄り添ってきた。腹癒《はらい》せもかねて薄い肩に腕をまわして体重を預けてみると、意外にしっかりした足取りで歩き始める。

「さっきの答え、聞いてないんだけど」

防音が整っているという理由で選んだ剛志の部屋の前で、煌が切り出した。

「俺とおまえは恋人には向かないよ。心配しなくても泊めてやるから、もう変なこと言い出すな」

鍵を取り出しながら、剛志は煌のきまぐれをあしらった。

煌の愛は貪欲《どんよく》だ。穴の開いたバケツみたいに次から次へと愛情を求め、確認したがる。つき合い始めた頃はセックスの魅力に惑《まど》わされ、飢《う》えた獣《けもの》のような煌の求愛に応えることもできたけれど、長くは続かなかった。

「そりゃ、昔は一年足らずで別れたけど」

「性格の不一致ってやつだ」

「そこまで分かってて、さっきはどうしてわざわざ洵に意見を求めたわけ？」

「……」

確かにそうだ。あのとき自分はなぜ洵に確認したのだろう。

「オレとつき合うのに、洵の許可はいらないよ？　それに洵だって勧めてくれて」

「分かってる」

小さな苛立ちが煌の言葉を遮る。

こういうところが合わないのだ。洵なら剛志が黙り込んだ時点で内心を察し、それ以上は踏み込んでこない。それなのに煌は、

「…今はお互い大人になったし、新しい発見があるかもよ」

こちらの苛立ちなどお構いなしだ。『新しい発見』という言葉に力を入れ、大層《たいそう》魅力的に微笑んでみせる煌の美貌を、剛志は胡乱気《うろんげ》に見返した。

「洵の本心が知りたくない？」

そのひと言に、ぐらりと心が揺れる。そして気づいた。――そう。自分はずっと洵の本心が知りたかったのだ。いつも自分を受け容れてくれるやさしい笑顔のその奥に、固く閉ざされた秘密の扉がある。その存在に薄々気づきながら、どうしても近づくことができない。そのもどかしさは、ときどき酔った勢いや寝惚《ねぼ》けたふりで鎌をかけるという行動を生んだ。

――洵は大切な友達だ。

そう言い聞かせてきたのは、いったい誰のためだ？　自分をごまかすためじゃないのか。

「……入れよ」

剛志は覚悟を決めてドアを開け、あごをしゃくって小悪魔のような青年に入室を促した。

それは新しい恋人に対してではなく、共謀者《きょうぼう》を招き入れるためだった。

翌日、土曜日。

いつまでも電源を切ったままでいるわけにはいかない。正午の時報を聞いたあと、洵はしかたなく携帯の電源を入れた。とたんに剛志から連絡が入る。

『昨夜はごめん。俺の方から頼んでおいて』

「いいよ、気にしなくて。それより帰りは大丈夫だった？」

無理していつものように答えると、明らかにほっとした気配が伝わってきて思わず苦笑する。

『ああ。煌が、あいつヴォーカルだから腹筋とか鍛えてるし、機材運びとか自分たちでやってるからけっこう力あるんだよな』

「…そう」

『やっぱり怒ってる？』

「え、どうして」

『なんだか声が、いつもと違う』

そこに気づいてくれる程度には、剛志は洵のことをわかっている。けれど洵が胸に秘めている想いには気づかない。――気づかせはしない。

「さっきまで寝てたから」

俺もだと言って笑う剛志に、煌とのことはどうするつもりなのかと確認しそうになり、洵はあわてて話題を変えた。

「あのさ、今夜から明日にかけて実家に帰るんだ。部屋に来ても留守だから…」

今の精神状態で会ったりしたら、何を口走るかわからない。予防線のつもりで口にしたでまかせに、恐れていた答えが返ってきた。

『ん。俺もしばらく、そっちには寄れなくなるかも』

洵は不自然に思われるぎりぎり寸前で沈黙を破り、ことさら明るい声で尋ねてみた。

「――新しい恋人が…できたから？」

『まあ、な』

男の答えは、見えない刃物となって洵の心を両断した。ああ、やっぱりと思いながら窓の外を見つめ、今日は天気がいいな、などと関係ないことを考える。

雲が流れ日が陰り、部屋の中が暗くなる。

同時に温度も下がった気がして、洵はかすかに震える指先を握りしめた。

『洵？　聞いてるのか』

「あ、うん。…ごめん。キャッチが入った」

嘘をつき、あわてて会話を切り上げる。

最後に「今度はうまくいくといいね」と、我ながら自虐《じぎゃく》的な声援を送り通話を切る。続けて電源を切り、見えない場所に放り出した。

窓の外では雲が流れ去り、再び太陽が輝き出す。五階からの眺めは良好で、遠くに見える公園の常緑の葉が陽射しを受けてきらめいている。そろそろ春本番。けれど洵の心は、冬の日陰よりもなお寒いままだった。

あとで嘘だったとばれるのも具合が悪いし、気分転換にもなるだろう。無理やり自分にそう言い聞かせて、洵は実家に帰省《きせい》するため、鞄に一泊分の荷物を放り込んで部屋を出た。携帯はわざと忘れたふりをして置いていく。

東京駅から下りの特急列車に乗り込んで、ぼんやりと窓の外を眺める。流れ去るかすみがかった春の夕暮れはどこか気怠い。目を閉じるとまぶたの奥の闇の中に、くり返し湧き上がるフレーズがある。

剛志に新しい恋人ができた。相手は間違いなく煌だ。

出会って十年。これまで剛志に恋人ができるたび、洵は辛い期間を耐えてきた。

何度、もう彼への恋情は断ち切ろうと思ったか知れない。悲しかった。嫉妬もした。

けれど心のどこかで『もしかしたら、いつか自分にも…』と、期待する余地があった。

いつかは振り向いてくれるんじゃないか。長続きしない恋人たちよりも、友人としてずっと近しい位置にいる自分の方が、きっと心をつかんでいるはず。

そんな自惚《うぬぼ》れがどこかにあった。

けれどもう終わりだ。

洵が知る限り、これまで剛志がつき合った恋人たちのうち、一番長く続いたのは一年程度。短ければ一ヵ月で別れている。なんとなく疎遠になったものから、派手な喧嘩に至るまで別れ方はさまざまだが、一度別れた人間とやり直すことだけはなかった。それなのに…。

煌とは再会したとたん縒《よ》りを戻した。剛志にとって、煌は特別な存在に違いない。

そしてどんな理由をつけようと、粉飾《ふんしょく》しようと、洵はただの友人にすぎない。

――いくら待っても、見守っても無駄。

十年も傍にいて一度も恋愛対象として見られなかった。剛志にとって、自分はどこまでも『友人』という存在にすぎないのだ。

いいかげん、その事実と向き合う勇気を持たなければいけない。

車窓を流れる景色はすっかり夕闇に沈んでいる。洵はブラインドを下ろし、窓に映る凡庸な自分の泣き顔を視界から追い払った。


久し振りに帰省した洵を迎えたのは母親の嬉しそうな笑顔と、意外な言葉だった。

「お帰り洵。ちょうどさっき煌も帰ってきたとこよ。久しぶりね、ふたりが揃《そろ》うなんて」

「え…」

居間《いま》に顔を出すと、炬燵《こたつ》でみかんを頬張っていた煌が手を上げてにこりと笑った。

「おかえり～ぃ」

「……ほんとに、珍しいな」

洵はなんとかそれだけ答えて立ちすくんだ。

できることなら今すぐ踵《きびす》を返して逃げ出したい。駅に着いた時点で、もう一度電話を入れればよかった。煌がいると知っていたら戻ってなど来なかったのに。

「東京はそろそろ桜が咲くのに、こっちはまだ寒いよね。早く炬燵入りなよ。あ、みかん食う?」

屈託《くったく》のない笑顔でみかんを差し出す煌の言葉尻《ことばじり》に、もうすぐ夕飯だからあまり食べすぎないでと、台所から母親の注意が飛んでくる。

「みかんより先にまず一杯だろう」

すでにほろ酔いかげんの父が差し出すグラスを、洵は強張った笑顔で断り、

「いや…、先に着替えてくるよ」

負け犬のようにその場から逃げ出した。

あまりの衝撃で目が眩《くら》む。なにも年に一、二回しか帰らない自分と、ここ数年音沙汰《おとさた》のなかった煌が鉢合《はちあ》わせなくていいのに。

かつて自室だった二階の部屋に逃げ込み電気を点けると、普段使われていない蛍光灯が、今は半分物置になっている室内を白々と照らし出す。生気のない、どこか寒々とした様子に溜息が出る。

埃《ほこり》をかぶったスタンドミラーに映る自分の顔色が蠟細工《ろうざいく》のように見えるのは、古い蛍光灯のせいばかりではない。いっそ風邪《かぜ》をひいたと言って、部屋に引き籠《こも》ってしまおうか。

子どものような言い訳をこねくりまわしながら、のろのろとシャツを脱ぎパジャマ代わりのトレーナーに首を通したところで、階段を上がってくる気配にぎくりと動きを止める。

「洵ちゃん。ちょっといい?」

「なんだ?」

半分開けたままのドアから顔を出した煌に、素っ気なく答え、洵はトレーナーに袖《そで》を通し脱いだシャツをハンガーにかけた。

「剛志から何か言ってきた？」

「――…おまえとまたつき合うことにしたって。よかったじゃないか、お似合いだよ」

シーツと上掛けだけは新しいものに替えてあるベッドの上に鞄の中身を意味もなく並べ、整理するふりをしながら感情を押し殺す。

「洵ちゃんは平気なわけ、オレたちがつき合うの。ただ仲よくするわけじゃないんだよ。キスしてセックスして、オレは甘えたがりだから休みの日は一日中べたべたして」

「勝手にすればいいじゃないか。どうしてそんなことを僕に確認するんだ！」

自分でもどうしようもない苛立ちで声がかすれる。どうして煌は、じくじくと血を流す傷口に塩を塗り込むような真似を平気でするのか。

――知っているくせに。僕がずっと剛志のことを好きだったって、知っているくせに！

戸口に立つ煌を無視して電気を消し、部屋を出ようとしたとたん、思いがけず強い力で引き止められた。つかまれた腕を振り払おうとして、逆に部屋に押し戻される。

「洵ちゃんてさ、一度でも自分から誰かに好きって言ったことある？」

後ろ手にドアを閉め、溜息まじりの呆れ声がつぶやく。

「好きな相手に無様な姿さらして、必死になってすがりついたことある？」

「…………」

「ないだろ。いつだってじっと黙って、相手から求められるのを待ってるんだ。そういうのなんて言うか知ってる？」

煌はひと呼吸置いて、尊大《そんだい》に言い放った。

「——臆病者」

「おまえに…ッ」

何がわかる。そう叫び返そうとして、洵は唇を噛んだ。

いつだって多くの人間の注目を浴び、その気になれば難なく相手の関心を惹きつけられる。微笑むだけで愛をささやかれる人間に、自分の気持ちなどわかるものか。

「煌には、…僕の気持ちなんてわからない」

「どうして」

「おまえみたいに、苦労しなくても他人の愛情を手に入れられる人間に——」

「してるよ。苦労じゃなくて努力だけど、ちゃんとしてる。好きになったひとには好きって言うし、好かれるよう努力もしてる。してないのは洵ちゃんの方だ」

理不尽に責められて堪忍袋《かんにんぶくろ》の緒《お》が切れた。

好かれる努力なら自分だってしている。けれど報《むく》われないから苦しんでいるのに。

昨夜の情景が脳裏に甦り、なんの苦労もなく剛志の恋人の位置を手に入れた従弟に対し、憎しみにも似た感情が湧き上がる。

「おまえの努力は酒を飲んで口説くことか？　ちょっと色目を使うだけで簡単につき合ってもらえるやつに何がわか…ッ」

激情の赴《おもむ》くまま詰《なじ》りつけてから、己の醜さに嫌気がさした。

「……ごめん」

手のひらで顔を覆い、くぐもった声で謝罪する。剛志が煌を選んだのは彼に魅力があるからで、洵が選ばれないこととは関係ない。

「ごめん、…八つあたりだ」

だから嫌だったのだ。煌の傍にいるかぎり、こんなふうに醜くて卑《いや》しい自分の性根《しょうね》を何度も突きつけられる。

——逃げ出してしまいたい。煌からも剛志からも。自分のことなど誰も知らない場所に行って、新しくやり直したい。

かつてないほどの切実さが、洵の胸に生まれた。

「洵ちゃん。昔みたいに『自分のことをいちばん好きになって』って言えばいいんだよ」

「こ…——」

突然告げられた台詞に、洵は絶句してよろめいた。

「知ってる？　洵ちゃんはあの日から、自分から誰かの愛情を求めたことがないんだ」

「煌、頼むから…！」

それ以上言わないでくれ。

「もういいよ洵ちゃん。昔のことだもん。元々オレがこの家に転がり込まなけりゃ、伯母さんの愛情は洵ちゃんひとりのものだったわけだし。それを要求するのは少しも悪いことじゃないよ。あの頃オレが癇癪を起こしたのはガキだったからで」

「……頼むからもう止めてくれ、煌」

絶対に触れられたくなかった古傷を容赦なく抉《えぐ》られて、洵が震える声で遮ると、ひとつ年下の従弟は切なそうに口をつぐんだ。


「瀬尾くん、今やってるパッケージデザインが済んだらこっちの見積書《みつもりしょ》と、そのあと白山社《はくさんしゃ》へのプレゼン案の手伝いしてもらえる？」

ここ一週間ほど会社の方は忙しく、洵に声をかけた同僚《どうりょう》の声も心なしか尖《とが》っている。

「いいですよ。あと三十分でこっちは一段落つきますから」

モニターから顔を上げ、洵はなるべくほがらかな声で答えた。

仕事の中には無駄とも思える修正を何度も要求してくる、いわゆる手離《てばな》れの悪いものがある。先週からいくつかそうした仕事が重なり、さらに新規開拓した顧客用のプレゼン準備もあって、社員は連日終電間際《まぎわ》まで残業が続いている状態だ。三件分の見積に必要な書類と資料の山をサイドテーブルにドンと積み上げられて、洵は思わず笑ってしまった。

「イコナさんは毎回ユニークな素材を使いたがりますよね」

イコナ企画はひとつの商品案に何種類もの素材を使いたがり、さらにそれぞれ複数パターンの見積を要求してくるため、作業はかなり面倒くさくなる。

「まったく。何も今週言ってこなくても…」

けた。

「でも僕、ここの製品けっこう好きなんですよね。キャッチコピーとか笑えるし」

コピーをめくりながら洵がゆったりした口調で答えると、苛立っていた同僚の肩からふっと力が抜けた。

「瀬尾くんはがまん強いなぁ」

しみじみと言われ、あははと笑い返す。

確かに洵は普段から忙しさを理由に苛立つことはほとんどない。さらに今は、先週受けた精神的ショックを紛らわすために、むしろ多忙を歓迎している部分がある。山積みの仕事を期限内にどう終わらせるか。作業に没頭《ぼっとう》している間だけ、惨めな自分を忘れていられる。愚痴《ぐち》ひとつこぼさず資料を読み始めた洵の横の机から、同僚の杉本《すぎもと》が気遣わしげな視線を送ってきた。

彼女はここ数日、洵の顔色が悪いことを心配してくれている。

十日で四キロ近く痩《や》せた洵を心配した杉本は、昼休みに入ったとたん食欲がないと言い張る洵を強引に連れ出し、開店したばかりで穴場だという定食屋にやってきた。

「それはもう、物理的に離れるしかない気がするんだけど。人間の適応力を信じてさ」

運ばれてきた鴨南蛮《かもなんばん》に息を吹きかけながら杉本がぱそりとつぶやく。洵の前には卵とじうどん。消化によく栄養がありそうなものということで、彼女が勧めてくれたメニューだ。

「やっぱりそうかな…」

「うん。遠距離恋愛が難しい理由はなかなか会えないせいだし」

箸《はし》の先でうどんをゆらゆら弄んでいると、早く食べろと窘《たしな》められる。杉本は洵よりひとつ年下だが、恋愛に関してはずっと先輩だ。

事務所には杉本の他にもうひとり女性がいて、その両方から洵はよく恋愛絡みの相談を受ける。正確に言えば相談ではなく愚痴に近い。黙って聞き役に徹する洵の口が堅いことを知っている彼女たちは、安心して心情を打ち明けるのだ。

その杉本に『いつも悩みを聞いてもらってるお礼に』と水を向けられて、洵はぽつりぽつりと自分の情けない現状を語った。

「長いこと片想いしてるんだけど、向こうはこっちを友達としか見ていないんだ。少し前に、もうこれっぽちも望みがないって決定的になったんだけど、——…忘れられない」

「うん。近くにいるから苦しくなるんだよ。だから離れる。赤の他人みたいに、メールも電話も全部なくして会う約束もしない。物理的に距離をおけば、気持ちはけっこう鎮《しず》まるものよ。…あ、そういえば」

杉本は名案を思いついたように、箸の先でピンと天井《てんじょう》を指した。

「九州支社への出向希望者を募ってたじゃない。もちろん選考で外れる可能性もあるけど、瀬尾君ならきっと大丈夫…」

「九州…」

内容を真剣に思い出そうと空《くう》を見つめた洵の目の前で、杉本はあわてて手を振った。

「あ、ダメ。ダメダメ、今のナシ。瀬尾君に抜けられたら私たちがすんごく困る」

「九州。確か期間は一年だったっけ。それだけあったら、忘れられるかな?」

「ちょっと…、まさか本気なの？」

八の字眉で確認してくる心やさしい同僚に洵は小さくうなずいて、冷めかけたうどんを食べ始めた。

その日の午後、さっそく九州への出向を正式に申し出て、すんなり受理されると、洵は引越し準備に取りかかった。移動日までは一ヵ月。週末ごとに荷物をまとめ、最低限必要なもの以外は実家に送り返すことで、引越し前の乱雑さは避けられる。

機械的に作業しながら、心は一刻も早く剛志から遠ざかることを願っていた。

恋人ができれば洵への連絡は間遠《まどお》くなるはずなのに、今回に限って剛志は頻繁に連絡を入れてくる。互いの仕事のこと、お勧めの新譜、映画、ニュース。話題はたわいないことばかりだ。

洵はいつもと違う剛志の行動の理由にすぐ思いあたり、自虐的な思いで聞き返した。

「煌と…、何かあった？」

『いや。おまえの声が聞きたかっただけ』

「え」

予想しなかった答えに少しうろたえる。

『あ、いや。煌とはうまくいってる。相変わらずわがままだけど、可愛いところもあるし』

「そう…」

心が、酸をかけられたように腐食《ふしょく》していく。

引越しは来週。けれどこれ以上は耐えられそうもない。洵はその夜を最後に、剛志との連絡を断とうと心に決めた。

その三日後。

突然剛志に押しかけられて、洵はドアの前で立ち尽くした。時間は夜の十一時半。居留守を使っても合鍵がある以上意味がない。あきらめてドアを開けたとたん、どこか必死な様子で問いつめられた。

「どうしたんだよ、洵！」

「何…？　剛志こそどうしたの」

「何じゃないだろ。昨夜も今日も、何度も電話したのに出ないから心配して…」

剛志は勝手知ったる気安さで鍵をかけ、靴を脱ぎながら手を伸ばしてきた。その指先が届く前に肩をすくめて後退《あとじさ》る。

「洵？」

「あ、ごめ…」

そう言ってうつむいたきり次の言葉が出ない。彼をあきらめると決めた反動のせいか、いつもの対応ができなかった。

「具合が悪いのか？　なんだか痩せてるぞ」

「風邪…。風邪ひいてるから、傍に寄らない方がいい。うつるといけないから」

でまかせの後押しに空咳《からぜき》を何度かしてみせると、剛志は怪訝《けげん》そうにひそめていた眉をゆるめた。洵が嘘をついて自分を遠ざけようとしているなどとは、夢にも思わないのだろう。

そのまま伸ばした腕は戻さず、手のひらを無造作に洵の額《ひたい》に当ててくる。

「熱は……少しあるな」

「剛志、離れて」

「大丈夫だよ。ほら、早く布団に入れ。薬は飲んだか？　飯はちゃんと食ってるのか」

「剛志…、離れて」

もう一度強く言うと、剛志は不思議そうな表情で洵を見下ろした。

「どうしたんだよ」

「…煌に、煌にうつったら大変だから。ヴォーカルだし、喉を痛めたら困ると思う」

早口で言い訳を並べ立てながら、なんとか不自然に思われないよう追い出そうとする。そんな洵の努力をあっさり無視して、剛志はとんでもないことをつぶやいた。

「おまえ、もしかして妬《や》いてるのか？」

その瞬間、背筋から後頭部にかけてざわりと悪寒が走った。冗談じゃない。今さら知られるなんて情けないことは死んでも嫌だ。

焦りを隠して顔を上げ、小さく笑う
「は？　まさか、どうして」

「いや、なんとなく」

「妬くってどっちに？　どうしてそんなふうに思うのさ。…もしかして、煌になにか言われた？」

「いや。そうじゃないけど」

「そりゃ、剛志は恋人ができると僕となかなか遊んでくれないから少しは寂しいけど、別に妬くとかそんなことはないよ。こっちもちょうど仕事が忙しいいし、他にもいろいろ予定があるから」

人間というのは、どうして嘘をつきごまかそうとすると饒舌《じょうぜつ》になるのか。ちらりとそんなことを考えながら洵は必死に言葉を重ね、笑顔を振りまくことで本心を隠し通した。

「――そうか」

剛志の返事と表情にはありありと納得しかねる様子があったが、洵はあえてそれを無視した。互いの間に気まずい空気が流れ、沈黙が落ちる。

「うん。早く風邪を治したいから、今夜は帰ってくれるかな」

「……俺は、必要ないんだな？」

「…………」

そのひと言を、言葉通りに受け取っていいのだろうか。洵はほんの一瞬ためらったあと、覚悟を決めてうなずいた。

「僕は…ひとりで大丈夫だから」

「で、素直に引き下がったわけ？　変だと思わないのかよ。あの洵がそんなふうにあんたを追い返そうとするなんて、絶対おかしいじゃん。なんでちゃんと話し合わないんだよ」

猫のように部屋の中の一番居心地のいい場所で寛いでいた煌に、ぽんぽんと小気味よく責められて、剛志は言い返した。

「理由を聞けるような雰囲気じゃなかった」

昨夜の洵はおかしかった。いや、昨夜だけじゃない。あの打ち上げの夜から、自分たちの関係の何かが変わってしまった。

歯車が嚙み合わず、ガラス越しに触れ合おうとしているような無力感。これまで眼差しひとつで察してもらっていたことが、まるで通じないもどかしさ。笑顔を浮かべながら、かってないよそよそしさを見せる態度に、思わず苛立ちを覚えるほど。

「なんのためにオレとつき合うふりしてるのさ。洵の本心を知るためだろ？　そこで退《ひ》いたら意味ないじゃん」

追い打ちをかける煌の言葉にむっとする。

我ながら幼稚な言い訳だと自覚しながら、言い返さずにいられない。

「おまえが変なこと言い出さなけりゃ、こんなふうにこじれたりしなかったんだ」

「オレに八つあたりしないでくれる」

「八つあたりなんかじゃない」

煌はもう一度「はぁ…」と大きな溜息をつき、うなじのあたりを撫でながらぼやいた。

「――…あのね、洵は臆病なんだよ」

「慎重《しんちょう》、だろ」

「臆病だよ、すごく。色恋に関してはね」

どういう意味かと視線で促すと、煌はしばらく視線を泳がせてから、ふっと息を吐いた。

「オレのせいなんだけどさ…」

「どういう意味だ」

「――オレは…洵のことが憎くて、でも大好きだった。屈折《くっせつ》してたんだ。だからガキの頃は洵に近づく奴とか、洵が興味を持った人間を片っ端から誘惑した」

記憶を遡《さかのぼ》れる限りの幼い頃から、煌は己の魅力とその効用について自覚があった。自分がどう振る舞えば相手の気持ちを動かすことができるのかも、すぐに学んだ。

「だからオレのせいで洵は自分に魅力がないって思い込んでる。それと自分からは絶対、誰かを好きだって言わない。それもオレのせいなんだけど」

「なんだよそれ」

「あとは、洵に直接聞いてよ」

珍しく辛そうにまぶたを伏せた煌の、癖のない毛先がかすかに震えている。

「洵には幸せになって欲しいんだ。…ほんとはオレがなんとかしたかったんだけどさ」

……オレじゃ駄目なんだよ。

最後にそうつぶやいた煌の寂しそうな横顔を見たとたん、剛志の中から彼に対する苛立ちは消えた。代わりに、洵への言いようのない飢えが生まれる。

必要ないと言われたくらいで意地になってもしかたがない。携帯は相変わらず繋がらないままだ。それだけで自分たちの間に何か異変が起きているとわかる。

風邪をひいたと言い張るなら看病の名目で訪ねていけばいい。遠慮してる場合ではない。

煌がマンションを出るのを見送ったその足で、洵を訪ねようと駅に向かいかけた矢先、通りの向こうから本人が現れた。

「あれ、どこか出かけるとこだった？」

「今からおまえの部屋へ行こうとしたところだ。それより、風邪はいいのか？」

「…うん。昨夜、変な別れ方したから気になって。それと、たまには剛志の部屋で飲むのもいいかと思っていろいろ買ってきた。あ、見たがってたビデオも借りてきたんだ」

昨日のよそよそしさはなんだったんだとつめ寄りたくなる明るさで、洵は量販店の袋からビールとワイン、つまみにレンタルビデオのパッケージを取り出して見せた。

「そういえば、洵が俺の部屋に来るのは珍しいよな」

「そうだっけ」

剛志の部屋は防音設備が整っていることが売りの都心のワンルームで、成人男子がふたりで寛ぐにはかなり手狭《てぜま》だ。これまで、剛志の十分の一も洵が訪ねてこないのはそれが理由だと思い込んでいたが、何か違う意味がある気がしてきた。

「なあ、どうして携帯繋がらないままなんだ？」

ピスタチオの袋を開きかけていた洵の手が止まり、顔を伏せたまま小さく首を傾げる。

「繋がらない？　ああ、風邪で辛いから電源切ったままだったかも」

「そう…か」

うなずいたものの、どこか納得できない。はぐらかされている気がする。

今夜訪ねてくる前も確認の連絡はなかった。直接やってきて、もしも自分が留守だったら洵は引き返すつもりだったのか。

どこか整合性を欠く行動。けれどなにをどう聞くべきか、きっかけがつかめない。これまでの自分たちの関係が、いかに洵の方から歩み寄ってくれたことで成立していたかを改めて自覚して、剛志は反省した。

落ち込んでる様子を見せられたり、向こうから悩みがあるんだとでも言われれば突っ込んだ話もできるだろうが、いつもと同じ調子では会話の糸口を失う。声をかけあぐね戸惑う剛志をよそに、洵の方は痩せて顔色がよくないことを除けばいつもと変わらない。

いや、いつもより明るいくらいだ。ビデオを見て笑い、剛志に酒を勧め自分も飲む。

やがて、ほがらかな洵の態度とほどよくまわり始めた酩酊《めいてい》感のおかげで、さっきまで感じていた目に見えない壁に対する焦りが消えていく。床に直接座り込みソファの脚部に背中を預けた洵の腿に、剛志はいつもの調子で頭を乗せた。

「剛志…、酔った?」

洵もいつも通り、膝枕を嫌がることもなく、やさしくささやきかけてくる。

「…ん」

甘やかされる心地よさに剛志は目を閉じ、頬に触れる温もりに身をまかせた。

こんなふうに穏やかな時間を過ごせるなら、わざわざ『最近のおまえは変だ。俺になにか言いたいことがあるんじゃないか』などと事を荒立てるような真似をする必要はない。まして剛志の方から『好きだ』などと迫り、引かれる危険は冒したくない。

これまで十年、自分たちはうまくやってきた。これからも同じようにうまくいくはずだ。

「剛志、眠い？」

「うん…」

膝枕を失うのが嫌で目を閉じたまま膝にすがりつくと、頭上で洵が苦笑する。それから、

「来週から出張なんだ。半月…、もしかしたら一ヵ月くらい留守になるから」

「へえ、珍しいな」

まさか洵が自分に嘘をつくはずがないと、剛志はまだ本気で思っていた。酔いのせいもあり、その言葉を素直に信じてしまった。

「少し寂しいな」

「なに言ってるんだ。剛志にはちゃんと煌がいるだろ」

「——ああ、でも…寂しい」

酩酊状態に陥ると、素面《しらふ》ではとても言えない台詞がするりとこぼれ落ちる。

髪を弄《もてあそ》ぶ洵の指先の甘やかなやさしさと心地よさに、剛志はそのままゆるゆると眠りに落ちていった。

眠り込んだ男の鼻をそっとつまんで、洵は首を傾げてみた。鼻の次は唇を突《つつ》いてみる。何度悪戯《いたずら》しても、くすぐったそうに顔を背けるだけで男が目覚める気配はない。

剛志がしっかり眠り込んだことを確認すると、洵は念のため閉じたまぶたを手のひらで隠し、そっと顔を近づけた。

かすかに開いた唇からもれる吐息が頬に触れる。許しを得ずその行為に及ぶ罪悪感を、最後だからという言い訳で振り捨てて、眠る男に気づかれないようキスをした。

ほんの一瞬、唇に触れるだけの。

万が一、剛志が今目を覚ましても指で悪戯しただけだと言い訳できるように。

これが自分にできる精一杯の意思表示。

友人の距離に身を戻し、静かに手のひらをどけると男のまぶたがわずかに動いた。

指先が誰かを探すようにさまよい、唇からつぶやきがもれる。

「――…ん、煌…？」

さまよう指先をつかもうとしていた洵は、その名を聞いて絶望のうめき声を上げた。

「…ち」

ちがう。違うよ、剛志。

そう叫び、胸を叩いて詰りたい衝動をねじ伏せて静かに立ち上がる。

本格的に眠り始めた剛志に毛布をかけ、灯りを落とし部屋を出た。見上げた夜空に月はなく、ぽつぽつと褪《あ》せた星々が頼りなく瞬いている。

『洵てさ、好きな相手に無様な姿をさらして、必死になってすがりついたことある？』

煌の同情するような声が脳裏を過《よぎ》る。

——無理だよ煌。僕にはできない。

友達のふりをして本当はずっと性的な目で見てきたことがばれるのも、望みがないとわかっているのに告白して完璧に振られるのも、どちらも怖くてできはしないのだ。


半月ほど出張で留守にするという言葉を真《ま》に受けて、連絡も取らず訪ねても行かなかった結果。

剛志の前から、洵は姿を消してしまった。

マンションは空《から》、携帯も通じない。あわてて煌に連絡すると彼の方が驚いて、逆になにかあったのかと責められる始末だった。洵の実家に連絡すると、仕事の都合で引越したらしいが、新しい住所はまだ教えられていないと言う。

『まあ、洵たら剛志君にもまだ連絡してないの？　あなたたち、喧嘩でもしたの』

洵の母親にも不審がられてしまった。

洵の会社に電話すると、

『瀬尾は四月から九州に出向しております』

素っ気ないながら端的な答えが返ってきた。とりあえず事故や事件に巻き込まれたわけではないと知ってほっとする。混乱と心配が収まると、今度は腹が立ってきた。

なんだって洵は俺を避けるような行動を取るんだ。

「連絡先を教えてもらえますか」

『営業所の代表番号ならお教えできますが』

個人情報は駄目だと断られる。昨今《さっこん》の世情を考えればしかたがない。剛志は素直に引き下がり、教えてもらった九州営業所に電話した。

一回目は三つの部署をたらいまわしにされた挙げ句、途中で通話が切れた。二回目は該当《がいとう》部署にお繋ぎしますと言われたあと、やはり切れた。どうやら外線から内線への繋ぎ方がうまくいかないらしい。三度目に取引相手のふりをして直接洵の部署の番号を聞き出し、ようやく繋がった。

『瀬尾は只今《ただいま》外出しております。折り返し電話させますので…』

名前と電話番号を教えろと言われ、素直に従ったにもかかわらず、結局連絡は来なかった。

——完璧に避けられてる。

まさかそんなはずはない。なにか手違いがあったのだと自分に言い聞かせてきたが、これ以上ごまかすのは無理だ。洵は剛志を意図的に避けている。このままのほほんと向こうから連絡が来るのを待っていたら、縁が切れてしまう。

「縁が切れる…？　俺と洵の？」

そこまで考えて愕然《がくぜん》とした。

洵に会えない。話もできない。いつでも自分をやさしく受け止め、受け容れてくれたあの存在がなくなることの意味を突きつけられる。背中を守ってくれていた温もりが消えてしまう。疲れたとき、傷ついたとき、逃げ込める場所が消えてしまう。その事実に自分は耐えられるのか。

——無理だ。

失うかもしれないと、ほんの一瞬想像しただけで叫び出しそうになる。

剛志は、洵の一番の関心が自分に向けられていたことを無意識に利用していた。

彼のやさしさも、忍耐強さも包容力も、全ては自分に対する好意に基《もと》づいている。

その好意がただの友情の範囲を超えていることにも、本当は気づいていた。けれど洵がそれを気づかせまいとしているから、剛志も気づかないふりを続けてきた。何度聞き出そうとしても、洵は決して本心を告げようとはしなかったから。

長い間、洵から差し出される好意に甘え、やさしさに寄りかかっていたしっぺ返しを受けて、初めて自分のずるさに気づく。

——それでも俺は、あいつを失うわけにはいかない。絶対に。それだけは確かだ。

「とにかく、まずは連絡先だ」

剛志は以前二、三回訪ねたことのある洵の勤め先へ向かった。電話では単なる部外者扱いされてしまうが、直接面識のある人間に会えばそう警戒はされないだろう。

昼食時をねらって出入り口をうろついていると、ふたり連れの女性が出てきた。片方は、以前洵を飲みに誘ったとき、成りゆきで一緒になったことがある。

さりげなく彼女の注意を惹くと、あっさりと笑顔を返された。

「あ、城戸さん！　わぁ嬉しい！　会いに来てくれるなんて。前に一度飲みに行ったあと、絶対もう一度お話したいって思って、瀬尾さんに貴方《あなた》のこといろいろ聞いたのに、彼口が堅いんですよ。個人的なことは一切教えてくれないの」

剛志の方は名前も覚えていないのに、彼女の方はひと目で見分けたらしい。

ふたりだけで話したいことがあると持ちかけると、彼女は同僚に断ってから嬉しそうにうなずいた。

こういうときは、自分の恵まれた容姿に感謝する。

混み合う前のファミレスに滑り込み、オーダーを済ませてから剛志は慎重に切り出した。

「洵とはマメに連絡取り合ってる？」

「もちろん。引越しの苦労話も聞きましたよー」

「携帯番号替えたんだよね」

「機種変更のついでにって言ってました」

「普通は替えないよな。いろいろ面倒くさいのに」

「あー、それは」

「何」

「あれ、言っていいのかな」

「何？　三月あたりから、あいつが悩んでたことと関係ある？」

思い切って鎌をかけると彼女の視線がめまぐるしくさまよう。同僚のプライベートを喋ってしまうことの是非《ぜひ》と、目の前の気になる異性へ少しでも自分を印象づけたい衝動がせめぎ合っているらしい。

「…えと、城戸さんは瀬尾君とすごく仲がいいんですよね」

「うん。十年来のつき合い」

それならいいよね。だいじょうぶよね。彼女は自分に言い聞かせてから口を開いた。

「瀬尾君、すごくすごく好きだったひとがいて、ずーっとずーっと傍で見守ってきたけど、どうにも望みがないことがわかったんだって。で、あきらめるって決めたけど、声を聞いたり顔を見ちゃうと辛いから離れるって」

ちょうど親会社から九州支社への出向要請があり、自ら望んで東京を離れたという。

「へえ。洵はそんなことまで…君に相談してたんだ」

長年の思い人って誰だよ。そんな話は聞いたことがないぞ。会社の同僚には話せて俺に内緒ってのはどういうことだ。

剛志は表情を変えず、胸の奥で憤慨《ふんがい》した。

「なんだかすごく魅力的な知り合いが現れて、その人にあっさり奪われたって……、あれ？　まさか城戸さんじゃないですよね」

「は？」

「瀬尾君が片想いしてた彼女を、横から奪ったひと！」

なんのことだと言い返そうとした瞬間、

「ランチセットふたつ、お待たせしました」

会話に割って入ったウエイトレスが皿やグラスを並べていく間に、剛志は体勢を整えた。

「洵の思い人を横取りした覚えはないけど」

「覚えがないだけで、無自覚に誰かの気を惹いちゃったとか」

「や。ここ一年女性とはつき合ってないし」

「…女性とは？」

「いや…。それより洵の思い人って、ええと杉本さんだっけ、君のことじゃないの？」

「まさか。わたしは違います。わたし今フリーですもん」

怪訝そうな突っ込みは笑顔でかわし、さりげないアプローチには気づかないふりで本題に入る。

「洵の新しい連絡先を教えて欲しいんだ」

彼女はサラダを頬張りながら、首を傾げた。

「やっぱり、瀬尾君と喧嘩したんだ」

「ああ、もしかしたらそうかも。だからきちんと話をして謝りたいんだ。だけどどうにも連絡がつかなくてさ」

ここまできたら嘘も方便《ほうべん》。最終的に番号さえ教えてもらえばあとはなんとでもなる。杉本の食べる速度に合わせてランチセットを胃に放り込みつつ、剛志は頼み込んだ。

杉本は心底困った表情を浮かべ、一度は取り出した携帯をじっと見つめてから、

「うーん、うーん。でも、瀬尾君に無断で教えるわけにはいきません」

結局、持てあましたように手の中で向きを変えてからバッグに戻そうとした。

交換条件になにか要求でもしてくるのかと身構えたが、どうやら道徳《モラル》の観点からためらっているらしい。そういう意味ではしっかりした女性のようだ。洵が恋愛の悩みを打ち明けたのもうなずける。

「お願いします。この通り」

ほぼ満席の店内で頭を下げて頼み込むと、彼女はさらに少し迷ったあと、携帯を握りしめて立ち上

がった。

「ちょっと待っててください。瀬尾君に直接確認してみるから」

いったん外に出て電話をかけ、何度かうなずいたり姿勢を変えたりしたあと、杉本は困り顔で戻ってきた。

「教えないで、って言われちゃいました」

「――…」

その瞬間のショックをなんと言い表せばいいのか。固まってしまった剛志を見つめて、杉本が済まなそうに頭を下げる。

「ごめんなさい…」

「あ、いや。君は悪くないよ。ごめん、変なことに巻き込んで」

あわてて謝り、それから礼を言う。事情を聞きたそうな視線をなんとかかわして食事を終え、あまり美味くないコーヒーに口をつけたところで、杉本が小さなポーチを手に席を立った。行き先は化粧室。椅子に残された小ぶりのショルダーから、彼女の携帯がちらりと顔を覗かせている。

恋人同士の当然の権利というふうを装い、剛志はさりげなくパールピンクの通信機器を取り出し、素早く履歴と番号を確認した。バッグに戻すまで五秒もかからない。

食事で崩れた化粧を完璧に直した杉本が戻ると同時に、席を立ち店を出る。

事務所に戻る短い道のりの間、杉本は剛志と次に会える機会をつかもうと、さりげなく会話の中にきっかけを盛り込もうとしていたが、下手に期待を持たせてあとでこじれる方がまずいので、何も約束せずに礼だけ言って別れた。

ほっと息を吐いて時間を確認すると、剛志は歩調を早めた。午後からスタジオ入りだ。スケジュールを確認して九州行きの時間を作らなくてはならない。調べた番号を元に洵の居場所を聞き出すのは、友人に協力してもらった方がいいだろう。自分が直接電話をかけて、再び番号を変えられてはたまらない。

早足で駅に向かいながら剛志はふと、勝手に他人の携帯メモリを盗み見るほどムキになっている自分に気づいて我に返る。

これほど必死に誰かを追いかけるのは初めてだった。その意味をきちんと考えなければいけない時期が、自分にもきているのかもしれない。


五月の福岡《ふくおか》は夜になっても蒸《む》し暑い。東京はもう少し涼しかったような気がする。洵は汗でずり落ちた眼鏡を押し上げながら、コンビニ袋と鞄を握り直した。

水も空気も違う場所に来て、威勢《いせい》のいい博多弁《はかたべん》に目をまわしながら仕事に没頭《ぼっとう》して一ヵ月。十年の片恋から逃げ出して一ヵ月。

同僚である杉本の助言は正しい。声も聞こえず姿も見えず、街角ですれ違う心配もない状況に救われて、ようやくまともに眠れるようになった。言いたくて言えなかった愚痴とも恨みともつかない積年の想いを、剛志に告白する瞬間を思い描いては、決して手に入らない理想の未来と惨めな現実の狭《はざ》間《ま》で、夜中にひとり煩悶《はんもん》することも減ってきた。

剛志が選んでくれたルームランプは捨てられずしまってある。我ながら未練がましいとは思うものの、性格だからしかたない。彼から離れる決意をしたとき思い出とともにすっぱり捨てられるくらいなら、きっと十年も片想いなどしなかった。

五日前、杉本から剛志に番号を教えてもいいかと連絡をもらったときは心底驚いたが、ここでなし崩しにしてしまうと、また同じ苦しみを味わうことになる。それだけは嫌だ。だから突っぱねた。

黙って姿を消して連絡を断ち、接触も拒絶する。そこまですれば、さすがに彼も察するだろう。それから身勝手な洵に腹を立て、やがて忘れてしまうはず。

自ら離れていく人間を、剛志はわざわざ追いかけたりしない。彼が関係のこじれた恋人をあっけなく見限る瞬間を、洵は何度も見たことがある。

拗ねたり、気遣って欲しくてわざと電話に出なかったり、誘いを断ることで反応を窺《うかが》われたりすると萎《な》えてしまうらしい。

——自分の末路もきっと同じだ。

自嘲気味に小さくつぶやいて、会社に斡旋《あっせん》してもらった社宅への道をたどる。社宅と言っても建物全体ではなく、会社が借り上げたマンションの数部屋を、割安で社員に貸し出しているものだ。間取りは引き払ってきた東京の部屋と大差ない。

洵の部屋は最上層の七階。ただしエレベーターは五階までしかなく、残りの二階分は階段を使う。手抜きなのか経費節減《けいひせつげん》だったのか、気合いの足りない設計のせいで不人気らしく、七階の住人は東端七〇一号室の洵と、西端七〇六号室だけ。隣室に気を遣わなくていいのが今の洵にはあり難い。

階段を上り角を曲がったとたん、ドアの前に人影を見つけて洵はぎくりと立ち止まった。

大きな影がゆらりと身動《みじろ》ぎ、低い声を出す。

「――やっと戻ってきたな」

「……ッ！」

息を呑んで目を凝《こ》らした洵の手からコンビニ袋が落ちて、乾いた音を立てた。

「剛…！　な」

どうして、なぜここに剛志がいるのか。

新しい住所や連絡先は教えていない。共通の友人知人にも口止めした。それなのにどうしてこんなふうに突然現れるのか。

借りたまま返していない大切な物が何かあっただろうか。CD、本…。それとも煌との間に何かあったのか。混乱した頭でとりとめのないことを考える洵に向かって、剛志が一歩踏み出した。同時に洵も一歩後退る。三回それをくり返し、剛志が爪先にあたったコンビニ袋にチラリと視線を落とした瞬間、洵は逃げ出した。

階段目指して向きを変え、よろめき出ると同時に思いがけない強さで腕をつかまれる。

「どうして逃げる」

「……ぁ」

「どうして俺から逃げた？」

「に、げて…なんか」

「逃げただろ。ひと言もなく引越して、連絡先も知らせないで。——俺、おまえに何かしたか？」

つかんだ右腕を引き寄せられ左腕もがっちり捕らえられて、正面から見下ろされる。

教師に叱られた子どものように、洵は目を合わせられずうなだれた。つかまれた腕の痛みが、剛志の苛立ちを伝えてくる。

洵はようやく、自分の態度が剛志にも負担をかけたことに気づいた。前日まで笑顔で話していた友人に突然姿を消され、連絡まで拒絶されたら、普通の人間なら自分の落ち度を疑うだろう。理由を知りたいと思うのは当然かもしれない。

「ごめ…、剛志は何も悪くない。本当に…、剛志が気に病《や》む必要なんてなくて。これは僕自身の問題なんだ。剛志には関係ないところで僕が勝手に悩んでいるだけで…」

「関係ないってどういうことだよ。だったらどうして俺には連絡先を教えたくないんだ」

「だからそれは、ごめんて。とにかく剛志は悪くないし、気にする必要ないから」

なるべく彼の心理的負担を減らしたくて、心底から謝っているのに、剛志はよけい焦《じ》れたように指先に力を込めた。

「そんなことを聞きたいんじゃない。そうじゃなくて」

「ぃ…ッ」

強くつかまれた場所に刺すような痛みが生まれ、洵が顔をしかめた瞬間ふっと力がゆるむ。同時に、胸が触れ合うほど密着していた男の身体が離れる。反動でわずかに押し返され不安になって顔を上げると、剛志は一歩離れた場所に困惑顔《こんわく》で立っていた。右手を腰にあて小さく肩が上下している。洵の言動に呆れて思わず溜息が出た。そんな表情だ。

居たたまれなくて、洵は必死に逃げ道を探した。背後は壁、右は行き止まり。階段へ向かう通路には剛志が立ちふさがり、いつの間にか巧《たく》みに退路を断たれている。

戸惑う洵の瞳を覗き込んだ剛志は、声を和らげた。

「ひとつだけ確認したいことがあってきた」

「…な、なに？」

最初のせっぱつまった様子とは違う口調に、洵はほっとして男を見つめた。

「あのな。もしかしておまえ、俺のことが好きなのか？」

不意打ちだった。

わずかにちらつく蛍光灯や青みがかったコンクリートの床、フロアごとに塗り分けられた壁の色。見慣れたはずのそれらに突然違和感を感じる。足下がふわふわと頼りなく、身体と心を一緒に攪拌《かくはん》されたような混乱に襲われた。

絶対に知られたくない秘密を暴《あば》かれた瞬間の、居たたまれない羞恥心《しゅうち》が身体中を駆けめぐる。指先が震え、唇が震え、声が震える。

「な…、そ」

何を言い出すんだ。そんなことあるわけないと否定しかけて、自分でも顔色が変わったことを自覚する。頬が強張り血の気が引く。

「顔色が変わった。図星だからだろ?」

「な…に、言ってるのさ。そんなこと聞いてどうす――、あ…煌から何か言われたなら」

冗談だから。強張った笑みを浮かべて言い繕おうとしても、ばかみたいに動揺したあとでは確かに遅すぎる。煌から何か吹き込まれたにせよ、自分の態度が変だからにせよ、はっきりと告げない限り、とぼけ通すことは可能だ。

「ごまかすな。片道三万円。こっちはおまえの気持ちを聞くためだけにきたんだぞ」

剛志は収入のほとんどを高額なオーディオ機器や、古いLPレコード等の購入に充《あ》てている。傍から見るほど裕福というわけではない。その彼が観光でも仕事のついででもなく、連絡が取れなくなった友人にその理由を問うためだけに、往復で六万を使うと言う。

姑息《こそく》だが有効な脅し文句に洵は音《ね》を上げそうになる。申し訳なさに潤《うる》んだ瞳で剛志の顔を見上げながら何度か答えようとしたものの、かすれた吐息がもれて唇が震えただけだった。

「言えよ。俺のことが好きだから、逃げ出したんだろ」

「ちがう…ッ」

とんでもない誤解だと顔を上げ、すぐさま否定したのに、容赦のない口調でさらに追いつめられる。

「認めろよ。追いかけて欲しくて逃げ出したって」

「ちがう! そんなんじゃない…ッ」

そんなずるいことはしない。

相手の反応を試すような、姑息な真似をするつもりはなかった。

「じゃあ、どうしてだよ」

逃げを許さない声と両腕で壁際に追いつめられ、洵の胸に怒りとも悲しみともつかない感情のうねりが生まれた。謝ったのに、剛志は悪くないと言っているのに。どうしてこれほど一方的に責められなければならないのか。

「言えったら」

「……楽になりたかったからだ。剛志の傍にいると苦しいから、辛くてしかたないからッ」

「だから、それはどうしてだよ」

「――……」

どこまで追いつめたら気が済むのか。そんなことを聞いて剛志になんの得があるんだ。

飛び出しそうな激情を抑えるために、洵はわざと声を潜めて話題と視線を逸らそうとした。

「…手をどけて。誰かきたら変に思われる」

「いやだ。洵が答えるまで離さない」

こちらの気持ちなどお構いなしの強引な態度に、情けなさと怒りを含んだ瞳でにらみつけてやる。

けれど剛志はびくともしない。

――ひどい男だ。

そう思ったとたん、心のどこかが綻《ほころ》びた。自棄《やけ》になったと言う方が正しいかもしれない。

今さら告白したところで何が変わるわけでもない。どうせ剛志は東京へ戻っていく。そうして煌とつき合い続けるのだ。

「す、き…だったよ」

過去形にしたのは儚《はかな》い抵抗。ズタボロにされた恋心への、最後の慰めだった。禁忌《きんき》の言葉を口にした瞬間、足下から崩れ落ちそうな虚脱《きょだつ》感に襲われた。まともに立っていられない。

「…これで、気が済んだ?」

壁に背を預けながらつぶやくと、頭上でかすかな溜息の気配がした。覚悟はしていても身がすくむ。この先の展開はきっと何度も想像した通り。『冗談だろう』と言われ、呆れられ…。

「だった?　じゃあ今は?」

けれど剛志の反応は、洵の予想とは違った。

「…え?」

探りを入れられても、なんのつもりでそんなことを聞きたがるのかわからない。訝《いぶか》しみつつ、これ以上は何も答えるものかと真一文字《まいちもんじ》に唇を引き結び、頑《かたく》なに肩を強張らせる洵に、剛志は質問を変えた。

「それなら、いつから俺を好きだった?」

「…そんなこと聞いて、なんの意味が」

「知りたいから」

これまで洵が頑なに隠し、決して誰にも触れさせなかった場所に、遠慮なく手を突っ込んでかきまわす。自分の手の内は明かさず、洵にばかり要求してくる男が恨《うら》めしい。

「なあ、いつから？」

重ねて問われ、洵は唇を噛み拳を握りしめた。なにかが腹の底から迫り上がる。

十年間こらえてきたもの。ないがしろにされ、顧みられることのなかった想い。

ここまできたなら、せめてそれだけでも伝えてやりたいと思った。

「初めて会ったときから…だよ！」

うつむいたまま自棄になって告白したとたん、頭上でもう一度溜息が聞こえた。

「十年も、…ずっと？」

信じられないという口調で確認され、情けなくて顔が上げられない。うつむいたまま小さくうなずくと同時に、さらに深く長い溜息が重ねられる。

ほらみろ。だから言いたくなかったんだ。

洵は激情に駆られた告白を猛烈に悔やんだ。知られたくなかった。誰が聞いても馬鹿だと思うだろう。十年も傍にいて、望みもないのに片想いし続けてきたなんて。

腹立ちと羞恥と情けなさで目眩がする。

「どうして、もっと早く俺に言わなかった？　ひと言好きだって言えば」

さらりと告げられた諭《さと》すような言葉が、刃よりも鋭く胸を抉る。洵は思わず剛志の言葉を遮った。

「そんなに簡単に言わないでくれ…。僕から言えるわけないじゃないか」

情けなくて涙が出そうだ。片腕を上げて顔を隠しながら、勘弁《かんべん》してくれとうめく。

「どうして」

「……どうして？」

あっけらかんとした剛志の問いに、洵の中に初めて名状《めいじょう》し難《がた》い怒《いか》りが生まれた。剛志や煌のような人間には、きっと本当にわからないのだろう。

「剛志は、僕をそういう対象として見たことなんか一度もなかったじゃないか！　煌は…、煌とは何度もつき合うくせに、僕のことなんか一度も…、一度だって…――」

本気で口説かれたことはない。

いっそ剛志が女性だけを愛する男だったらまだあきらめがついた。自分が選ばれないのは同性だからだ、と。けれど現実は『好みじゃない。恋愛対象には入っていない』と態度で示され続けた。そこまで否定されて告白できるほど、自分は強い人間なんかじゃない。だから、

「せめて…友達と、して…」

必要とされるだけで満足しようと、心を抑え続けた十年間。その月日をまるで無駄な努力のように言われて、悔しさと切なさ、怒りと悲しみで胸がつまる。

自分の言葉に傷ついて、全部言い切る前に涙がぼろぼろとこぼれ落ちた。涙は頬を伝う間もなく粒になり、コンクリートの床に濃い灰色の染みがいくつも生まれる。

「……バカ、どうしてこんなこと言わせ…」

恥ずかしくて惨めで。右腕で眼鏡を押し上げ、両目を押さえて涙を隠す。嗚咽《おえつ》がもれないよう懸命に深呼吸するたび、まぶたを押しつけたシャツの生地に熱い雫《しずく》がじわりと染み入る。

せっかく離れたのに。忘れようとしたのに。覚悟を決めたとたん、どうしてこんなふうに追いかけ

てきて全てを暴き立てるんだ。

「……う……くっ」

涙を止めようと深く静かに息をするたび肩が震えた。まるで子どものように。

うつむいたつむじに男の体温を感じて、とっさに背を向ける。肩に手がかかる寸前に身をよじって振り払い、そのまま闇雲《やみくも》に逃げ出そうとしたとたん背後から抱きしめられた。

「ごめん」

「ぃ…やだ、離せ」

「俺が悪かった。謝るから」

「離せ…ッ」

謝るな。よけい惨めになる。

絡みつく腕も声も吐息も、身を固くして全身で拒絶する。それでも拘束《こうそく》はゆるまない。

「もう気が済んだだろ。心置きなく東京に帰ればいい。それで、煌とふたりで僕のことを笑えばいいじゃないか」

「そんなことはしない」

抵抗を続ける洵の耳元に、吐息のようなささやきが滑り込む。胸を押さえつけていた手のひらが、するりと動いてあごを持ち上げ、

「おまえは、ばかだ」

耳朶《みみたぶ》に触れた唇から直接声が伝わる。その言葉に、洵の悲しみは怒りに変わった。

「離せ、ったら……！」

本気で離して欲しかった。

「離せ！　なんで…こんな」

本気で抵抗してるはずなのに、抜け出すことができない。男の手首をつかみ引き剝がそうとしては失敗する。幼児の喧嘩のような攻防を続けるうち、いつの間にか正面から向かい合っていた。目の前の鎖骨《さこつ》に嚙みついてやろうかと自棄《やけ》になり、代わりに思いきり革靴《かわぐつ》を踏みつけてやった。八つあたりだとわかっている。

剛志の動きが一瞬止まったかと思うと、次の瞬間ひときわ強く腰を抱き寄せられ、襟足《えりあし》を痛むほど引かれた。

同時に目の前が暗くなる。

「…んぅ……ッ」

キスされていると、頭が理解した次の刹那《せつな》、舌が忍び込んできた。熱くて弾力のある器官が、信じ難い巧妙《こうみょう》さで口中にもぐり込み、クリームを舐め取るような動きをくり返す。

「ん…！　んぅ…っ」

とっさに振り上げた右手で剛志のあごを押し返す。ようやく唇が離れると、わずかに唾液がこぼれた。

「な、な…、なに……する」

手の甲であわてて口元を覆いながら、震える唇で抗議を絞《しぼ》り出す。信じ難い成りゆきに思考がついていかない。からかわれているのか。それともこれは何かの罰なのか——。

混乱しすぎて涙腺《るいせん》が壊れたらしい。涙が止めようもなくこぼれ落ちる。なんのつもりかと、理由を求めてにらみつけると、剛志は傷ついた表情で首を傾げた。

「……嫌なのか？」

かすかに怯《おび》えを含んだ問いに、洵は反射的に首を横に振っていた。同時に不安に戦《おのの》く瞳で男を見上げる。これが恋人に対するものだと自惚れられるほど、自分はおめでたくはない。

「…理由が、わからない。同情とか、からかうつもりなら——」

止めて欲しい。そう言いかけたとたん、

「ああ、そうか」

ほっと吐息をもらし、微笑みを浮かべた剛志に抱き寄せられた。

温かな胸と力強い腕。夢にまで見た抱擁《ほうよう》を受けて洵は小さく震えた。もうこれ以上、何も考えられない。夢でもいいと思いながら夢ではありえない剛志の匂いに包まれて、まぶたを伏せた瞬間、

「俺も洵が好きだよ」

さらりと軽く言われて思わず顔を上げた。

「う…そ」

「嘘じゃない。おまえが好きだ。友人としてじゃなく、抱きたいとか独占したいとか、そういう意味で」

洵が何か言い返す前に、念を押すよう告げられて呼吸が止まる。

「……どうして」

僕が十年かかってできなかった告白を、そんなに簡単にできるんだ。

恨みがましい気持ちで男の顔を見つめると、予想外に真摯《しんし》な瞳が見返してきた。

「臆病なのは俺も同じだ」

洵を抱きしめたまま剛志がぽつりとささやく。

「おまえが、俺のこと好きなんじゃないかって、何度も疑ったことがある」

「……ッ」

自ら封印し、隠し続けた積年の想いを見透かされていたとわかったとたん、火のような羞恥心に襲われて洵は身を固くした。血の気が引いて視野が狭《せば》まる。けれど今さら視線を逸らすこともできない。

揺れる視界の中で、自分を抱きしめ言葉を重ねる剛志の表情もどこか苦しそうに歪む。

「だけど、はっきり問いつめて否定されるのが怖かった。おまえは俺のことを友人としてしか見てないと……」

男らしい眉根が寄せられ、瞳が切なそうに揺らいだ。

「俺はおまえを失いたくなかった。他の誰とも換えの利かない大切な友達だから、色恋沙汰《いろこいざた》を持ち込んで関係を壊したくなかった」

切々と訴えられる言葉の断片を十年の経験で繋ぎ合わせると、導き出される答えは結局ひとつ。

「――それは、やっぱり友達としてしか……」

見てくれてないじゃないかと詰《なじ》りかけた唇が、再びキスでふさがれた。

「……ぁ…」

抵抗するつもりで振り上げた腕はいつしか力を失い、気がついたときには男の胸にしがみついていた。口腔《こうこう》を蹂躙《じゅうりん》する不埒《ふらち》なキスのせいなのか、緊張の糸が途切れたせいか。洵の両脚はすっかり力を失い、今にも崩れ落ちそうになる。救いを求めて男の胸板にすがりついたとたん、抱き上げられてしまう。階段口から部屋の前までたった数歩の間とはいえ、全身を誰かに預け切るという、大人になってからは初めての経験に、洵は戸惑いと同時に深い喜びを感じてしまった。

扉の前でそっと足を下ろされ部屋の鍵を出すよう促される。夢見心地のまま尻ポケットから取り出したキーホルダーを差し出すと、

「あれ？　この鍵」

ホルダーケースを開けた剛志が、いくつも並んだ鍵を見つめて小首を傾げた。

「あ、ごめ…。剛志に預かってた合鍵、返しそびれて、そのまま」

大学時代のアパートと、今のマンションの前に借りていた部屋の合鍵。どちらも本人が落としたり忘れたりしたときのために預け合ったもので、洵は剛志が忘れていたのをいいことに、それを宝物として私物化していたのだ。

「ごめ…ん、勝手に」

「——いじらしいって言葉の意味が、今わかった」

「え？　…あ、ちょ、剛志…！」

どこか余裕をなくした男の声を確かめる暇《いとま》もなく、ドアをくぐったとたん背後でカチリと鍵がかけ

られ、腕ごと腰を抱き寄せられた。

そのまま巣穴に引きずり込まれる獲物《えもの》のように奥まで連れていかれる。

六畳《じょう》ひと間の社宅は引越したばかりでまだよそよそしい。剛志は頼りないパイプベッドを避け、新品のラグに洵をそっと横たえた。自分の手で感触を確かめ、素早くベッドから毛布を剝いで床に敷く。

慣れた手順でシャツを脱がされ自分の裸体が目に入った瞬間、洵はようやく我に返った。

「ちょ…っと、待って」

「ん？」

答えながら剛志の動きは止まらない。洵の首筋に顔を埋《うず》め甘噛みをくり返す。

「ま、まさか、ここで…するつもりじゃ」

「大丈夫だ。全部俺にまかせて、洵はただ気持ちよくなればいい」

指先をそっと握り返されて、自分がひどく震えていることに気づく。

「でも、剛志…」

あまりの急展開に思考がついていかない。

スラックスのファスナーにかけられた指をとっさに押さえつけ、洵が首を横に振ると、

「俺のことをずっと好きだったなら、こういう展開くらい想像したことあるだろ」

剛志はまるで洵の動揺を楽しむような笑みを浮かべ、意地悪な質問を口にする。

「俺を抱きたいと思った？　それとも抱かれたい？」

言われたとたん頰が熱くなり、頭に血が昇って理性が吹き飛ぶ。次の瞬間には一気に血の気が引い

た。これまで心の中だけで、あるいは深夜こっそりと、剛志に抱かれ抱きしめる情景を思い描いては欲情していたことを、見透かされたようで居たたまれない。

顔色を変えて首を振り、後退《あとじさ》る洵を見て、剛志はふ…と目元を和ませた。

「どっちでも、洵が望む方を叶えてやる」

両手を広げ、もう一度抱きしめようと近づいてくる剛志の顔をひたと見据えながら、洵は小さく首を振った。目の前の男と自分では、恋愛と肉体関係の経験値が絶対的に違いすぎる。洵には到底太刀《たち》打ちできない。

己の不甲斐なさに、止まっていた涙がもう一度あふれ出して頬を伝う。

「俺にどうして欲しい？　何が欲しい？」

「剛…志」

「言えよ」

やさしく追いつめられて、長い間ずっと胸の奥底に深く埋めていた望みが、ぽこりと頭をもたげる。

――僕を一番好きになって。

駄目だ。その願いだけは口にできない。

反射的に口をつぐんでうつむいてしまった洵のこめかみに、男のささやきが触れる。

「意地っ張りだな」

あやすような口調がそのまま頬をたどって唇が重なった。今夜何度目のキスだろう。

「背中、痛くないか？」

改めて毛布の上に横たえられ、気遣わしげに尋ねられる。そのあまりにやさしい声に胸が震えた。この男は『恋人』の前ではこんなにもやさしく深い声を出すのか、と。

「う…ん」

首筋から鎖骨をたどり、脱げかけたシャツを完全に取り払い、何度も胸から腹部を撫でさする手のひらと指先の巧みな動き。なし崩しのように押し倒され、今自分の素肌に触れているのは、夢にまで見た男の手だと思うと、全身に痺れるような羞恥が広がる。

「本当に…僕でいいの？　無理してない？」

それでもまだ信じられなくて、確かめずにいられない。十年も片想いをしていた自分に対する哀れみや同情から、行為に及ぼうとしているのではないか。

「そんなふうに臆病で、やさしくて…、自分のことより相手を気遣おうとするおまえだから、抱きたいと思うんだよ」

――あんまりごねるようなら、無理にでも抱くつもりだったし。

「え…？」

最後の方は早口で、よく聞き取れなかった。それでも、抱きたいという言葉と腿に押しつけられた剛志自身の昂《たかぶ》りが、洵に勇気を与えてくれる。好きな相手との性的な触れ合いは、洵にとって初めての体験だ。その水際《みぎわ》でためらう怯えは、男の手慣れた愛撫が追い払ってくれる。

耳の後ろを舐め上げられ、耳朶を甘く噛まれると、意志に反して爪先が毛布を蹴る。

「…っあ…！」

感じすぎて痺れる耳を男の責めから遠ざけるため首をひねると、今度は露《あらわ》になった首筋に吸いつかれ歯を立てられた。

胸の先が熱いと感じた瞬間、乳首を吸われているのだと気づいて頭が真っ白になる。

「や、そんな…ことっ」

「ここ、感じる？」

尋ねる剛志の声も少しかすれ気味だ。

唇が離れると同時に、指先で押すように揉《も》みしだかれて首を振る。

「あ…っ、痛…」

「痛い？」

「ちが、…わから、な…い」

剛志を想って自分で触ってみたことは何度もある。けれどこれほど強い刺激を感じたことはない。

針を刺されたような、痺れるみたいな、こんな…。

左右の突起《とっき》を交互に吸われ、指でこねまわされ、腰に疼きが生まれる。もう止めて欲しいと胸に吸いつく男の頭を抱きしめ、仕返しのように髪をかき混ぜる。

やがて乳首を刺激していた剛志の右手が外れ、わき腹を撫でながら下腹部へ下りていく。男の指はそのまま性器にまといつき、ゆるやかに握りしめこすり立ててきた。

洵のペニスは長年想い続けた男の手のひらの中で、硬く張りつめ始める。

「ぁ…、あ…――」

不埒な手から逃れたくて腰を引くと、すぐさま引き寄せられた。洵のペニスを嬲《なぶ》っていた男の手が外れ、代わりに下腹部が触れ合い、剛志自身が密着する。

「う、ぁ…ッ」

男の熱い猛《たけ》りを直接感じて、後頭部が重く痺れる。そのまま円を描くように蠢《うごめ》かされると、それだけで往《い》きそうだった。

ずっと友人として想うだけ、見るだけだった肉体が自分に触れている。そう考えただけで下腹の深い場所が鋭く疼いて震えが起こる。

唇を嚙み、強すぎる快感を懸命にやり過ごそうとした洵の努力は、腰から臀部《でんぶ》に這い下りた男の指先が双丘《そうきゅう》に分け入り、敏感な粘膜《ねんまく》に触れた瞬間、弾け飛んだ。

「…っ…――」

密着した肌の間で熱い粘液が滴る。それを詫びる暇もなく唇が重なり舌を強く吸われた。気絶しそうなキスに翻弄されるうちに、剛志の熱い昂りが往ったばかりの洵自身にこすりつけられ、そのまま律動が始まる。小刻みに揺れる男の背中にすがりつき酸欠で気が遠くなる寸前、洵は下肢に新たな熱いぬめりが広がるのを感じた。

痛いほど強く洵を抱きしめていた腕がわずかにゆるんで、首筋に息を弾ませた男の顔が埋められる。肌に触れる吐息の熱さに、胸が震えた。

自分の身体に欲情してもらえたことが嬉しくてしかたない。触れ合った肌の間を流れる汗、充実した身体の重みさえも愛しい。

「剛…志……」

愛しくて嬉しくて。深い幸福感に包まれながら、洵は剛志の背中を強く抱きしめた。

しばらくして呼吸が整い、耳元で大丈夫かとささやかれ、我に返る。

「…なんだかすごく恥ずかしい。どこか変だったら…ごめん」

きっと剛志がこれまで肌を合わせてきた恋人たちに比べたら、どこもかしこも見劣りしているにちがいない。洵は両手で顔を覆い、訳もなく謝りながら背中を向けて剛志の視線を逃《のが》れようとした。

「ばかだな、洵」

なだめる男の声は蕩けるほどやさしい。

剛志は洵の両手をどけ、微笑みながらこめかみにキスを落とし、そのまま首筋からうなじ、肩から背中へと唇《くちづ》接けを移動していく。男の愛撫に導かれるままうつぶせになり、気づいた時には下腹に枕を差し込まれ、腰を突き出す姿勢にされていた。

「剛志…？」

「――ちゃんと準備するから」

心配するなとささやく声には、どこか逸《はや》るような響きがまじっている。

うつぶせのまま両脚を大きく拡げられ、無防備にさらされた秘部に夜気が触れる。

「…ぁ……っ」

男同士で繋がる場合、そこを使うことは知っている。けれど実際その場所に、自分以外の指がもぐり込んできたとき、その感触のあまりの違和感に洵は息を飲み悲鳴をこらえた。

「痛むのか？」

背後からかけられた心配そうな声に、なんとか首を横に振る。

痛みはない。けれど死ぬほど恥ずかしい。自分が今どんな姿態をさらしているか、考えただけで涙が出そうになる。

剛志の指が、いつの間に用意したのか潤滑剤《じゅんかつざい》らしきぬめりをまとって後孔を出入りし始めると、洵はやる瀬《せ》なく身悶《みもだ》えた。目を凝《こ》らせばようやく表情が判別できる程度の薄闇の中に、ふたり分の忙《せわ》しない呼吸と、粘液をかきまわすような淫靡《いんび》な音が響く。

「う…ん…――」

羞恥のあまり毛布を噛みしめながら、未体験の感覚に耐える。

やがて男の指は一本から二本に増え、さらに左右の指が入り乱れ、洵のそこが完全にほぐれるまで蹂躙《じゅうりん》を続けた。

背を向けて相手の表情も見えないまま下肢を嬲られていると、自分の身体が男を受け入れるための、ただの性器に変えられていくようで、なぜか悲しかった。その違和感を伝えたくて、洵は何度も「もう止めて」と懇願《こんがん》しかけ、そのたび剛志が白けてしまうことを怖れて口をつぐんだ。

せっかく恋人として抱いてもらえる機会を、体勢が嫌だとごねてフイにしたくはない。

もしかしたら、今夜一晩限りの夢かもしれないのだ。一度抱いたら、気が済んでしまうかもしれない。洵が下手で愛想《あいそ》を尽かすかもしれない…。

報《むく》われないとあきらめながらの片恋が長すぎたせいか、洵の思考はどこまでも消極的だ。必死に歯を食いしばり、ときには自分の甲を嚙みしめて、痛みとも快感ともつかない刺激に耐え続ける。

「…あ」

後孔と、再び兆《きざ》し始めたペニスを刺激していた男の長い指がふ…と離れ、ずっと背中に触れていた腕や胸の温もりが去っていく。

「……剛志？」

不安になって洵が振り向いたのと、下腹部にまわされた剛志の両手に、改めて腰を引き上げられたのが同時だった。痺れてぐずぐずになっている後孔に、男の先端が押しつけられる。

「ご…志……、待っ…て！」

指とは比べものにならない、熱くて固い異物が押し入ってくる。その衝撃に、洵は初めて悲鳴を上げた。

「——ま…って……」

「大丈夫。充分ほぐしたから、力を抜いて俺の言う通りにすれば痛みはない」

「ちが…、そうじゃなくて」

痛みを怖れているわけじゃない。

「おまえとひとつになりたいんだ」

「それは、僕だって…。だけど」

「ここを使うのは嫌？」

洵があまりにも身をよじって抵抗するため、剛志はいったん挿入《そうにゅう》しかけた先端を引き抜いた。代わりに指をあてながら、洵の背中に身を重ね、やさしく根気よく確認する。

子どもをあやすように頰を撫でられ、洵はようやく自分が泣いていることに気づいた。

おずおずと振り向いて、抱き寄せられた温かい胸に顔を埋め、涙を拭いながら言い訳をする。

「…嫌なんじゃない。そうじゃ、なくて」

「嫌がることはしない。おまえの望む通りにしてやるから…、言ってくれ」

男の言葉に嘘はない。下腹部にあたる昂りは痛いほど張りつめている。それでも洵の気持ちを優先して、無理やり力でねじ伏せるような無体《むたい》な真似には及ばない。

「顔、…顔を見ながら抱き合いたい…んだ」

洵がくぐもった声で告げると、背中にきつくまわされていた腕がほっとしたようにゆるんだ。

「なんだ、そういうことか。だけど洵は初めてだろ。さっきの体勢の方が負担が少ない。前からだと、足のつけ根とか腰が」

「いい。少しくらい痛くても苦しくてもがまんするから――」

「そうか。それなら遠慮なく」

経験豊富な男のアドバイスをあわてて遮ったとたん、剛志は仕留めた獲物を貪《むさぼ》る猛獣のように洵に食らいついてきた。

「あ、待っ…」

「もう待たない」

宣言と同時に押しつけられた先端は、洵が力を抜くたびじりじりと進み、一番きつい箇所《かしょ》をすぎると一気にのめり込んできた。

「ぅ…ん――…ッ」

反射的に握りしめた拳で、剛志の胸板を思いきり押し返す。折り曲げた指の関節が硬い筋肉にめり込むほど力を込めても、剛志の腕はゆるまない。逆により一層深く抱き寄せられ、耳元で諭すようにささやかれた。

「少しくらい痛くても苦しくてもがまんするって言っただろ」

確かに言った。言ったけど…。

耐えに耐えていた男の欲望が、容赦なく洵を侵し始める。

事前に充分ほぐされていたおかげで、確かに痛みはほとんどない。それでも、身体の内側を固い肉の棒でかきまわされる苦しさは、これまで経験したどんなものとも違う。

耐性《たいせい》のない刺激に洵はあっけなく降伏《こうふく》し、許しを乞い、逃げようとして男の胸や背中に爪を立て、許されずに揺さぶられ続けた。

正常位で一度、後背位で一度。そのまま抜かずに後側位に移って達したあと、再び正常位に戻り、今度は腰を高く掲《かか》げた状態でゆるゆると抜き差しをくり返されている。

「ぁ…、もう…――お願い…だから」

剛志が自分の中で往く間、洵も何度か吐精《とせい》した。激しい抽挿《ちゅうそう》ではなく、入り口付近をやわやわと小刻みに刺激され続け、ときには完全に抜き出したものをゆっくり嵌《は》められる。剛直《ごうちょく》を出し入れされるたび、痺れたような窄《すぼ》まりからとろりと欲望の残滓《ざんし》がこぼれ落ちる。

その感触のあまりの淫靡さに洵の腰からうなじまで小波《さざなみ》のような震えが走り、同時に後腔内を無意識に絞り込んでしまう。内側の粘膜で感じる男の熱は少しも衰《おとろ》える気配がない。

「……剛…、も…無理」

男同士はもちろん女性との経験もなかった洵にとって、今夜が正真正銘《しょうしんしょうめい》の初体験だ。それなのにこれほど激しく求められて、許容量はとうの昔に超えてしまった。

剛志がわずかに身動《みじろ》ぐたび、下半身で糸を引くような濡れた水音が響く。自分のそこがいったいどんな状態に陥っているのか、確認する勇気などとても出ない。

「普通は生《ナマ》で中出しなんてしないけど、今夜だけは特別。洵は俺のものだって印《しるし》だから。他の男には絶対渡さない。女にも」

誰にも渡さない。俺以外の人間には触らせない。かすれた声でうわごとのようにくり返す剛志の声が、耳朶に直接触れてくる。

「も…、やだ」

洵が舌足らずな甘え声で許しを乞うても、目を細め乾いた唇を舌で湿らせた男の言葉は容赦ない。

「まだ終わりじゃない」

「剛志…ぃ」

泣きはらした目で恨みがましく見つめると、男の動きがふっと止まる。

「俺のこと、好きだって言えば許してやる」

「…言った…じゃない、か。さっき…」

「過去形だった。『今も好き』って言え」

「――…」

「言わないなら、ずっとこのままだぞ」

男は脅すような口調で抽挿を再開した。同じリズムではなく、二度三度軽く突いたかと思うといきなり深く差し込み、今度は一気に引き抜く。そうして芯をなくした後孔が窄まりかけたところをねらい澄まし、容赦のない挿入がくり返される。

「ぅ…、あ…ぁ…――」

すでに何度も達して、息も絶え絶えなほど疲れ果てている洵にはとてもついていけない。

「ゆ、るして…」

「俺のこと、好きって言えよ」

行為の前にはやさしくすると言ったのに。洵が嫌がることはしないと、あれほど言ったのに。

「……いじわる…する、な」

「洵」

剛志は下肢を繋げたまま洵を抱き寄せ、胸をぴたりと密着させた。そのまま洵の泣きはらして赤くなった眦《まなじり》に浮かぶ涙を舌で舐《な》め取ると、甘く言い聞かせる。

「好きだって言え。だから愛して欲しいって、自分から求めてみろ」

間断《かんだん》なく与えられる快感と、許容量を超えた性交による極度の疲労。そして催眠術《さいみんじゅつ》のような男の声が、その瞬間、洵の心の奥底で凝《こご》っていた恐れと罪の意識を解き放った。

「――好…き…、好きだよ」

ずっと心の中で飼い殺していた想いを唇に乗せ、相手に届ける。言葉にしたとたん愛しさが増した。

「剛志が好き…。大好き。……だから、僕のことも…好きって言って」

怖くて立ちすくんでいた崖縁《がけぶち》から、勇気を出して一歩踏み出してみる。

そこに待っていたのは怖れていた落下の恐怖ではなく、光に溶けていくような開放感、そして温かな腕に抱き留められる深い深い安堵《あんど》感だった。

「ああ。俺も洵が好きだよ。愛してる」

叶わないと絶望しながらそれでもあきらめ切れず求めていたものが、ようやく与えられた僥倖《ぎょうこう》に涙がこぼれる。同時に身体の奥深い場所に熱い情欲の飛沫《ひまつ》を浴び、自身も何度目かわからない吐精《とせい》を終えて、洵はゆるやかな夢の狭間に意識を手放した。


かすかな肌寒さを感じて、目を覚ました。半端《はんぱ》に閉めかけたカーテンの隙間から、夜明け間近の青い光が射し込んでいる。

夏用の薄い上掛けから飛び出た腕をゆっくり引き寄せ、隣で眠る男を起こさないようそっと身を起こす。そのとたん寝不足の気怠さを遥《はる》かに上まわる痛みに節々《ふしぶし》が悲鳴を上げた。

特に昨夜酷使された下肢のつけ根あたりは、剛志が事前に宣言した通り、錆ついた蝶番《ちょうつがい》のようにぎしぎしと軋《きし》み、すぐには使い物になりそうもない。

息をつめて苦痛をやり過ごしてから、洵はぼんやりと自分の身体を見下ろした。

気絶するまで抱き合い、互いの体液でドロドロだった身体はいつの間にか清められ、軽く汗ばんでいる程度。汚れた毛布も片づけられ、ベッドから引き下ろしたマットレスの上で、ふたり仲よく並んで眠っていたらしい。

剛志は洵の腰に腕をまわし、大きな贈り物をもらった子どものような顔で眠っている。

まぶたを覆う少し癖のある前髪を指先でそっとかき分け、現れた額に小さなキスをする。

「…どうせなら、唇にもしてくれ」

ささやきに驚いて身を引くと、昨夜酷使された場所に痛みが走った。

「痛…」

「…身体、平気か」

気遣う声とともに、起き上がった剛志の腕につかまり引き寄せられる。

「平気…じゃ、ない」

抱きしめられ、ちょうど目の前にきた鎖骨に噛みついてやりたい衝動をこらえながら、数時間前まで与えられていた無体な仕打ちに抗議する。

事の最中、執拗《しつよう》に洵の口から『好き』という言葉を引き出そうとした男の意地悪さが、恨めしい。

それは、剛志に対するあふれるような愛しさとは別の場所に渦巻《うずま》く感情だ。

「どうして、あんなに無理やり言わせようとしたんだ」

剛志は少し身を離し、洵の瞳を覗き込んだ。

「煌が――…って、そんな顔するな。昨夜は言い忘れたけど、あいつとは何もなかったんだ」

「どういう、意味…？」

「煌は、洵のことを心配して俺とつき合うふりをしただけだ。おまえが色恋関係に臆病なのも、俺のことを好きだって言い出せなかったのも、全部自分のせいだって」

「なに、…それ」

「とにかく洵の口から『好きだ』って言葉を引き出せって」

「――それと、剛志が煌とつき合うふりをした理由に、なんの関係があるわけ？」

「俺は、…まあ、おまえの本音が知りたかったから」

もごもご語尾《ごび》を濁《にご》して視線を逸らす男の鎖骨に、今度こそ嚙みついてやった。

「イテ…ッ」

自分がどんなに切ない思いでふたりの姿を見ていたか。その胸の痛みの万分の一でも味わえばいい。

「悪かったと思ってる。試すような真似して。おまえ嫌いだもんな、そういうの」

歯形がつくほど嚙みつかれても、剛志は腹も立てずに洵の後頭部を抱き寄せ、肩から背中を大きな手のひらで何度も撫で下ろしながらつぶやいた。

「煌との間に、何があった？」

「――…」

洵はわずかに身を強張らせた。それでも昨日までの、触れられたとたん血の気が引くような恐怖感はなくなっている。

たぶん、今なら言えるかもしれない。

「僕は…、すごく欲深い人間なんだ」

「そんなことはない」

即座に否定してくれる愛しい男の唇を指先でそっと封じ、洵は訥々《とつとつ》と幼い頃の経緯《いきさつ》を語った。何が起きても決して他人には語ることなどできないと思っていた醜い記憶を。

「…――それで僕は、煌がすぐ傍で立ち聞きしているのを知ってて、見せつけるように母の愛情をねだったんだ。一番が欲しいって」

幼い頃、胸の深い場所に刻み込まれた歪《いびつ》な傷は、そうと意識することなく洵の情緒を歪《ひず》ませてきた。

「子どものしたことじゃないかって、正当化することも、忘れることもできなかった。本音も建前もない子どもだからこそ、あれが自分の本性なんだって。自分のためなら他人を傷つけても構わない、そういう醜い……」

利己的な自分が嫌でしかたなかった。

だから、といったん唇を噛みしめてから、洵は覚悟を決めて己をさらけ出す。

「今の僕は、身勝手で強欲《ごうよく》な正体を隠すためにいくつも仮面をかぶっているようなものだと思う。だから剛志も、本当の僕に気づいたらきっと愛想《あいそ》を尽かして…」

「そんなわけないだろうが」

きっぱり断言され、そのあまりの明快さに洵は逸らしていた視線を男に戻した。

「あのな、五歳児がやった一度っきりの行為と、二十一年も続いてる心がけと行動の、どっちが本物だと思うんだ。たとえおまえがそれをふりだとか仮面だとか思い込んでいても、俺から見れば、そんな悩みを含めた今のおまえが本物だよ」

「――本物…」

「そう。まあ、俺にしてみたら、もう少しわがままになって独占欲を発揮《はっき》してもらってもちっとも構わないけどな」

少し照れくさそうに告げられた男の言葉は、じくじくと膿《う》んだ患部《かんぶ》に塗り込められた膏薬《こうやく》のように、長年洵を苦しめ続けてきた痛みを和らげた。

「独占欲…？」

「まあ、それは言葉の綾《あや》だけど。洵がずっとここに隠してきたものを少しずつでいいから、俺にも見せて欲しいってことだよ」

鬱血痕《うっけつあと》の残る洵の胸に、剛志はそっと手のひらを重ねた。外気にさらされ少し冷えていた肌に、温もりが染み入る。

「なんだか…怖い」

男の手のひらに自分のそれを重ねて、洵はつぶやいた。

地図も持たずに未知の世界に入ってしまった旅人の気分がする。恋人同士というものに剛志は慣れているかもしれないが、洵にとっては初めての経験ばかり。

告白して身体を繋ぎ合った。その次は、いったい何が待っているのか。

もう少し自分を出していいと言われても、不用意に醜い面を見せたりしたら、嫌われてしまうかもしれない。それに剛志がいつまで自分を好きでいてくれるか。

変わってしまった自分たちの関係と、その未来に思いを馳《は》せたとたん突然怖くなった。

これからは飽きられてしまったり、別れに怯える日々が始まるのだろうか。そう思うと積年の想いが成就《じょうじゅ》した嬉しさより、不安の方が重くのしかかる。

「どうして泣くんだ」

背後からやさしく抱きしめられ、頬にこぼれた涙を指で拭《ぬぐ》われた。以前なら平気なふりができたのに、剛志が傍にいるだけで感情がうまく制御できない。

「怖くて、不安なんだ」

「……俺もだよ」

「剛志も？」

意外な答えに、洵は思わず振り向いて男の顔をまじまじと見つめた。

「ああ。俺は今まで、恋愛で長続きしたことはなかったからさ」

知ってる、ずっと傍で見てきたから。だから不安になる。自分だけは特別だなどとは到底思えない。

「やっぱり、僕ががまんしていれば…」

「そういう意味じゃない」

剛志はあわてて言い直した。

「たぶん俺は、今までつき合ってきた人間に対して敬意《けいい》が足りなかったんだと思う。どこかで見くだしてたり軽《かろ》んじてたり。だから長続きしなかった。だけど洵とは十年続いた」

「それは、友達だから」

「ちがう」

剛志は一度否定して口をつぐみ、少し考え込むようにまぶたを伏せてから慎重に口を開いた。

「洵だから…、おまえだから続いたんだ。その意味がわかるか?」

ささやきに戸惑い洵が視線をさまよわせると、剛志も同じようにあいまいに首を振った。

「洵以外にも、学生時代からつき合いの続いてる人間はいる。けれどおまえに対して抱いていたほどの信頼と好意は、他の誰にも感じたことはない。洵は思いやりがあってやさしくて、口が堅くて誰よりも信用できる。いつでも俺を受け入れてくれる大切な存在だった」

「剛…」

「友情と恋愛感情の境目はどこにあるかわかるか?」

真っ直ぐ見つめてきた剛志の瞳は、吸い込まれるような深い色を帯びている。

「俺は、最高の友人として洵を尊敬してきた。そして、おまえが俺以外を優先しないことに慣れて胡坐《あぐら》をかいて安心してた。失うかもしれないなんて考えたこともなかった。ずっと長い間いつも傍にいてくれたから、そのことが当たり前になりすぎて、大切さに気づけなかったんだ」

罪を告白するように、剛志は一気に言葉を重ねると、静かに両手を差し出しながら続けた。

「――だからこれからは、最高の恋人として大切にする。敬意と一緒に愛を捧《ささ》げて、おまえに見捨てられないよう、いつまでもずっと傍にいられるように」

「…ぁ……」

涙でかすむ視界に男の真摯な瞳が近づいてくる。そっと抱き寄せられ、うなじを大きな手のひらで支えられ、洵は静かに目を閉じた。

不慣れな恋人同士のキスは、甘い涙の味がした。

フェイス・ラブ

金曜日、午後五時十五分。

瀬尾洵《せおじゅん》は手首にちらりと視線を落とし、次に壁の時計を見上げた。最後に目の前にある業務用ノートパソコンの、画面右下の小さなデジタル表示を見つめて短く息を吐く。

三つの時計が示している数値は一分《いちぶ》のズレもない。終業時間まであと十五分。

今日は定時に退社しますと、月曜から申請《しんせい》してある。心配していた突発的なトラブルもなく、一日の予定業務は滞《とどこお》りなく終了しつつある。あとは目の前のPC《パソコン》に業務日誌を入力するだけ。

洵はもう一度、手首の時計をちらりと見つめてから唇《くちびる》に指先を軽くあてた。

吐息《といき》を熱く感じるのは、朝からずっと高鳴っている胸のせい。

風邪《かぜ》をひいたわけでもないのに油断するとぼんやりしてしまう。そのくせソワソワと落ち着かない。見慣れたはずの机や備品、周囲で働く同僚《どうりょう》たちの姿までもがいつもとは違って見える。

理由は、今夜これから四カ月ぶりに顔を合わせる元親友——今は恋人——である城戸剛志《きどごうし》との再会を前にしているせいだ。

先週末、遅い時間に剛志からかかってきた電話で、

『金曜に半休が取れたからそっちに行く。夕方には着くから、会社が終わったら連絡して欲しい』

突然そう言われて、洵は驚きつつ舞い上がり、自分も必ず定時で上がるようにするからと約束した。

「瀬尾さん、今日は朝から珍しくソワソワしてたね。もしかしてこれからデート？」

隣《となり》の席の西嶋《にしじま》が小声でささやいて、椅子《いす》を四分の一回転させながらひょいと小指を立てて見せた。

芝居がかった仕草はどこかコミカルで、いやらしさは微塵《みじん》もない。真面目《まじめ》に答えても適当に受け流しても、からかったり腹を立てたりするような相手ではないのに、洵は不意打ちを食らった初《うぶ》な中学生のように頬《ほお》を染め、思わず目を逸《そ》らしてしまった。

そのままうつむいて、火照《ほて》った頬を手のひらで隠そうとする洵の初々《ういうい》しい反応に、西嶋の方が却《かえ》って狼狽《うろた》えてしまったようだ。

「え…、あれ？　いや、あの…」

西嶋は手にしたボールペンを弄《いじ》りながら、「まいったな…。ま、がんばれよ」と明るい口調で励ますと、それ以上深くは突っ込まずに椅子の向きを戻した。洵はホッと息を吐《つ》き、それからあわてて西嶋に向かって顔の前で小さく手を振った。

「ち…、違います。デートとかじゃないです」

相手は男で友人だと、言い訳しかけて口をつぐむ。頬を赤らめてそんなことを言えば、よけい変に思われるだけだ。西嶋が『わかったわかった、もう冷やかしたりしないから』と言いたげな表情で、軽く指先を振ってみせたのを機に、洵は軽く胸を押さえて気持ちを切り替え、モニターを見つめた。

洵が東京《とうきょう》から福岡《ふくおか》支社に出向《しゅっこう》してきて半年が経つ。二歳年上の西嶋は面倒見のよい男で、席が隣で歳《とし》が近いせいもあるのか、初出勤の日から何くれとなく洵の世話を焼くようになった。

洵が元々勤めていたのは、大手製紙メーカーが市場調査と開拓・開発を目的に試験的に起ち上げたアンテナショップ的な小さな事務所で、社員は十人に満たない。そのフットワークの軽さを武器に、社員全員が企画・デザイン・営業に携《たずさ》わり、今後の需要《じゅよう》を機敏《きびん》に予測しつつ実験的な提案を行っている。本社の中には、そこに配属されることイコール『出世コースに乗る』と捉えている社員もいるらしい。洵はそのことを今回の出向で初めて知った。確かに、洵はここで複雑な流通機構を学ぶ代わりに、これまで東京の事務所で培《つちか》った経験と需要の動向を伝えるよう求められている。そして一年間の出向期間が終わると、今度はその間に得た知識や営業ノウハウを携えて東京本社へ出向することが決まっている。そこで半年過ごしたあと、ようやく古巣に戻れることになっているのだが、もしかしたらそのまま本社勤務になるかもしれない——。

半年前の自分はそんな先のことなど考える余裕もなく東京を離れた。そして剛志のことを一日でも早く忘れようと仕事に没頭《ぼっとう》するあまり、食事や睡眠、適度な休養と気分転換といった、自分を労《いたわ》るための基本的な意識が欠けていた。

青白い顔で業務をこなしながら他人に合わせて儚《はかな》く微笑《ほほえ》み、時折ぼんやりと窓から外を眺める洵を西嶋なりに心配してくれたのだろう。昼は土地に不案内な洵を誘って美味《うま》い定食屋に、そして夜も頻繁《ひんぱん》に飲みや食事に連れまわしてくれた。三連休前の今夜も、洵に予定がなければ誘うつもりだったに違いない。企画書の見直しをしている横顔が、わずかに落胆の色を漂《ただよ》わせている。

充分いい男なのに彼女がなかなかできないという西嶋の、遠まわしの誘いを断る形で帰ることに、少しだけ後ろめたさを感じたものの、今夜ばかりは職場のつき合いよりも優先すべきことがある。

業務日誌の入力を終え、五時三十分を過ぎたことを確認してからPCの電源を切り、モニターを閉じて席を立つ。

「それじゃ、お先に失礼します」

西嶋に軽く頭を下げ、さらに他の社員と上司《じょうし》にも挨拶《あいさつ》をしながらフロアを出る。ドアのわきにあるタイムカードを押す指先がかすかに震えた。廊下《ろうか》を足早に進むと突きあたりがエレベーターホール。ふたつある昇降機のインジケーターがどちらも途中で止まっていることを確認すると、洵は階段へ向かった。三階分くらいなら足を使おう。

一秒でも早く会いたいと逸《はや》る心が、今は身体を動かせと命じる。

空調の効いたビルを出ると、九月半ばのひどい残暑が熱風となって全身にまといつく。洵は上着を脱いで手に持つと、ビルの合間から差し込む西陽に背を向けて、博多《はかた》駅に向かって歩き始めた。

会社から駅まで約十分。地下鉄で空港まで約十分。平日のこの時間帯なら待ち時間も長くて五分。よほどのことがない限り、そして剛志が飛行機に乗り遅れていない限り、三十分後には四カ月ぶりに彼の顔が見られる。

ラッシュアワーの始まった駅の構内に入る前に、鞄《かばん》から携帯を取り出す。着信はメールが一件。

『予定通り到着。そっちは？』

洵は時間を確認しながら、人波を避けて必死に返事を打ち込んだ。

『あと二〇分くらいで着くから到着ロビーで待っていて』

送信ボタンを押して十数秒後、振動とともに着信ランプが光る。改札に向かおうとした足を止めてあわててメールを開くと、『ＯＫ　早く逢いたい』という一行が特別な輝きを放っていた。

あと十数分で空港に到着するのだから、返事を出す必要はもうない。けれど洵は甘い幸福感に酔いながら、『僕も』と、短いひと言を送信した。それから折《お》り畳《たた》んだ携帯を握りしめて改札を抜け、ちょうど到着した電車に乗り込んだ。目的地ですぐに降りられるようドア近くに立ち、動き始めた窓に映る自分の顔に気づいたとたん、急に不安になる。

上気した頬、乱れた髪と汗が滲《にじ》む額《ひたい》、そして不安と期待に潤《うる》んだ瞳。恋をしている顔だ。そして、剛志が過去につき合った恋人たちに比べて、何ひとつ秀《ひい》でたところのない凡庸《ぼんよう》な顔。

汗を拭《ぬぐ》った指先で乱れた前髪を整えながら、洵はふいに泣きたくなった。こんなふうにときどき自分を襲う感情の揺れは、福岡《ここ》まで追いかけてきてくれた剛志が、東京へ戻ってしまったその瞬間から生まれたものだ。嵐のような一夜の記憶は非現実的すぎて、空港でひとりきりになったとたん、片想いの辛《つら》さが見せた夢だったのかもしれないと本気で思ったほどだった。

洵は握りしめたままだった携帯をそっと開いて、先刻のメッセージを見つめた。

『早く逢いたい』

――でも、夢じゃない。

内心のつぶやきを確かめるように受信ボックスを開くと、これまでに交わしたメールがずらりと並んでいる。最初の日付は五月。最初のうちは止め時がわからず一日何通もやり取りしているのが、我《われ》ながら微笑ましい。六月に入るとほぼ一日一通に落ち着いたものの、その分長めのメッセージを夜の八時から十二時の間に送り合って眠りにつく。電話は週に一回程度。かけてくるのはたいてい剛志の方から。週末でも出社していることが多く、洵がかけても通じないことが多いせいだ。

好きな相手と、こんなふうにこまめに連絡を取り合う日がくるなんて、半年前には想像できなかった。願ったことはある。けれど叶《かな》う確率は限りなくゼロに近かった。そして一度は完全にあきらめたのに――。電車が目的地の構内へ滑り込み、洵はドアが開ききるのももどかしく飛び出した。

改札を出てエスカレーターを駆け上がり地上に出たとたん、プルル…と再び手の中で携帯が震えた。通路のわきに寄りながらメールを確認する。

『好きだ』

「――……ッ」

心臓が、内側から何かに押されて飛び出すかと思った。他人目《ひとめ》に触れないようあわてて携帯を折り畳むと、左手にしっかり握りしめて再び歩き始める。次第に歩幅が広がり、最後はほとんど走りながら、手足が奇妙に痺《しび》れていくのを感じた。

緊張と期待と不安で、足下がもつれて指先がかすかに震えているのが自分でもわかる。

恋人としてつき合うようになってから、まだ四カ月。けれどそれ以前は、十年という長い間ずっと友人としてつき合ってきた。それほど馴染《なじ》んだ相手に久しぶりに会うというだけで、ここまで動揺している自分が可笑《おか》しくもあり、幸せでもあった。

移動の合間に必死にメールを打っては送信したり、一秒でも早く会いたくて階段を駆け上がる。汗をかいて息を乱したまま彼の前に姿を見せても、必死さの意味を訝《いぶか》しまれることはない。

彼への想いを隠さなければいけなかった十年間には、できなかったことだ。

階段を上り切り到着ロビーに出たとたん、行き交う人影の向こうに佇《たたず》む、頭半分抜きん出た長身の男の姿が飛び込んできた。

――剛志だ。

胸がしめつけられる。深く吸い込もうとしても、息は浅く忙《せわ》しない。

剛志は通行人の邪魔《じゃま》にならないよう壁際《かべぎわ》に寄り、手元の携帯を覗《のぞ》き込んでいた。

惚《ほ》れた欲目というだけでなく、剛志には、ただ立っているだけでも一流モデルか俳優のような際立った存在感がある。それはすっきり通った鼻筋や頬のライン、遠目にも男らしく整って見える容貌《ようぼう》や、スタイルのよさだけが理由ではない。音を扱う仕事に対する信念、信じると決めたものに対しては誠実であろうとする姿勢、年月によって鍛《きた》えられた鋼《はがね》のような内面の強さが、剛志という人間の外郭《がいかく》をくっきりと際立たせている。

彫りの深い目元に淡い影を落としている少し癖《くせ》のある黒髪は、忙しくてカットに行ってなかったのか、五月にこの場所で別れた時よりも伸びていた。

ロビーに行き交う人々、特に女性からチラチラと向けられる視線を慣れた無関心でやり過ごす剛志の姿はどこか近寄り難く、洵はこの期《ご》に及《およ》んで尻込みしている自分に気づいて立ち止まり、震える指先で乱れた前髪を整えた。それから勇気を出して一歩を踏み出す。

その瞬間、剛志はまるで名前を呼ばれたように顔を上げ、深味のある黒い瞳でしっかり洵の姿を捉えた。反射的に手を上げて唇の動きだけで名を呼びながら駆け寄ると、剛志も蕩《とろ》けるような笑みを浮かべて壁を離れた。さっきまで見せていた、どこか他を拒《こば》むような気配は跡形もなく消え果てている。

到着ロビーはそれほど広くない。お互いすぐに触れ合えるほど距離が狭《せば》まる。微笑んで両手を軽く差し出しながら近づいてくる剛志を前に、洵は一瞬立ち止まり、どうやって全身からあふれ出そうなこの喜びを表せばいいだろうかと思いあぐねた。

姿を見ただけで涙が出そうだ。心臓がばかみたいに高鳴って、胸と喉《のど》はしめつけられたように甘い痛みを発している。

「――剛志、お疲れさま。会えて嬉し」

それでも他人目をはばかり、かすれ声を絞り出した瞬間、

「洵…！」

震える語尾は差し出された両腕に攫《さら》われ、広い胸に吸い込まれてしまった。

「ぁ、…え？」

まさか公衆の面前で抱きしめられるとは思わなかった。

予想外の展開に戸惑《とまど》う洵の隙を衝くように、剛志の長い両手はしっかりと洵の背中と腰にまわされ、さらに強く抱き寄せられる。その上、頬を触れ合わせ、匂いを確認するよう首筋に顔を埋めるという念の入れようだ。それは再会を喜ぶ友人同士の抱擁《ハグ》だと言うには、いささか情熱的すぎると思う。

「ご、剛志…。ちょっ…」

「洵、会いたかった」

耳朶《じだ》に触れる吐息《といき》と甘いささやき。ただでさえ乱れていた息がさらに上がり、頬が熱くなる。きっと真っ赤になっているはずだ。

そのままキスされそうな勢いに、洵は己の自制心と常識を総動員して抵抗を試《こころ》みた。

「……ちょ…っと待った、待って…、駄目だよ剛志」

両手で胸を押し返しながら、弱り切った瞳で自分を困らせている張本人を見上げて救いを求める。

「みんな…見てるよ」

「これくらい誰も気にしないさ。場所柄、男同士でもこれくらいするだろ？」

そう言い切る男の表情は自信に満ちていた。確かにそれは一理ある。けれど相手がモデル張りのスタイルと容貌を持つ剛志では、無駄に目立ってしかたがない。事実、ちらりと見まわしただけで、こちらを窺《うかが》ういくつもの視線と目が合いそうになった。もちろん再会を喜ぶ気持ちは、洵も決して剛志に負けてない。それでも己の気持ちを抑え、もう一度やんわりと胸を押し返し身を離しながら、

「恥ずかしいから…」

赤くなった頬を隠すようにうつむいて小声でぽそりと懇願《こんがん》すると、ようやく渋々といった様子で腰と背中にまわされていた腕の力がゆるんだ。同時にかすかな溜息《ためいき》の気配を感じて、あわてて顔を上げると予想に反して満面の笑みにぶつかり、思わず息を飲んだ。自分に向けられたその笑顔には嘘偽《うそいつわ》りのない喜びがあふれている。

友人としての剛志のことなら、どんな時にどんな行動を取りどんな反応をするのか、かなり深い部分まで理解できていると思う。けれど、恋人としての彼がどういった振る舞いをするのかは、まるで予測がつかない。

四カ月前。逃げ出した自分を追いかけて福岡までやってきた行動力と、部屋の前での直談判《じかだんぱん》、そしてその後の成りゆきを思い出す。さらに今回の対応からわかったのは、恋人としての剛志はずいぶん情熱的な男だということだった。

「荷物は…あれだけ？」

胸が高鳴りすぎてかすれた声で壁際に置いてきた鞄を指さすと、剛志は「ああ」と思い出したように顔を上げて洵から身を離した。

背を向けて、すらりと伸びた腕と長くて形のいい指がしなやかに動く。くたくたに使い古されたレザーのボストンバッグを持ち上げ、振り向いて、再びこちらに近づいてくる。

その姿。一連の動作を、洵はうっとりと見つめた。

何年も穿《は》き古してグレーに近くなった元は黒のデニムパンツは、脚の長さが強調されるストレートスリム。かっちりした肩幅とすらりとした背中のライン、引きしまった胴まわりを持つスタイルのいい上半身に、薄いブルーグレイのTシャツと黒のレザーベストがしっくりと似合っている。腰の低い位置に斜めがけされたウエストバッグには、携帯とオーディオ端末と財布。普段はそれだけを身に着けて、手ぶらで行動しているはずだ。

「行こうか」

「あ、うん…」

微笑みとともに背中を軽く押されて、ばかみたいに見惚れていた自分に気づき、あわてて視線を逸らす。そのまま背中に剛志の指先の熱を感じながら歩き出した。

身体が揺れるたび肩や腕が触れ合ったけれど、洵も剛志も、それ以上離れようとはしなかった。

「それじゃ、再会を祝して乾杯」

「乾杯」

三連休を前にした週末の開放感が、ほどよい活気となって充満している居酒屋《いざかや》の小さな奥座敷《おくざしき》で、剛志の音頭《おんど》と合わせて洵は軽くグラスを合わせた。年季の入った座卓の上には、地鶏の串焼《くしや》き、新鮮な刺身、筑前煮《ちくぜんに》、鶏で出汁《だし》を取った名物の水炊き等が美味そうに湯気を立てている。

空港を出て洵の部屋へ戻る前に夕飯を食べようということになり、洵は博多駅から数駅離れた繁華街にある、行きつけの居酒屋に剛志を連れてきた。西嶋に連れられて何度か利用するうちに、味のよさと家庭的な雰囲気が気に入ってすっかり常連になった店だった。

「今回は休み、ちゃんと取れたんだね」

すっきりとした飲み口の冷酒をふた口ほど飲んでから、洵はちらりと剛志を見つめた。

「ああ。夏休みを返上させられた分、きっちりもぎ取った」

剛志は握りしめた右手を左の手のひらに打ちつけて見せた。夏期休暇に予定していた旅行計画を、突発的に入った仕事のためにキャンセルせざるをえなかったことが、よほど悔しかったのだろう。

もちろん洵もがっかりした。けれど、約束を反故《ほご》にされたからといって怒るわけにはいかない。剛志は自分の都合で計画が潰《つぶ》れたことを何度も謝ってくれた。そんな彼の負担にならないよう、

『仕事じゃ…、しょうがないね。僕は大丈夫だから気にせずレコーディングがんばって』

できるだけ明るい声で理解を示した洵の言葉に、電話の向こうで剛志が何か言いたげに口籠《くちご》もった。

——あのとき、剛志はなにを言いたかったんだろう。もしかしたら、落胆の深さが声に出てしまったんだろうか。

奇妙に強張った沈黙の意味を考えると、未《いま》だに足下から暗闇に呑み込まれるような恐怖を感じる。

この不安は片恋が成就《じょうじゅ》した瞬間から洵の心に生まれたものだ。望みはないとあきらめる決意をしたあとに、奇跡のように叶った恋だから失うことがなにより怖い。

だから少しでも剛志の負担にならないよう気をつけなければ…。

「ごめん、二度もこっちに来てもらって…。次は僕が東京へ行くから」

「なに謝ってるんだよ。この前も今回も、俺が洵に会いたいからきたの」

飲み干したビールの替わりに、洵と同じ冷酒を注文しながら剛志はあっけらかんと言い放った。

「ありがとう。…それじゃ、どこか観光する？　僕も案内できるほど詳しいわけじゃないけど」

今夜は洵の部屋に泊まるにしても、残り一泊二日もあれば小旅行くらいはできるだろう。一応前もって調べておいたガイドブックを取り出そうと、座敷の隅に置いた鞄に手を伸ばした瞬間、

「あれ、瀬尾さん？」

座敷の戸口に面した通路から声をかけられて、洵は顔を上げた。

「――西嶋さ…」

会社帰りなのだろう、脱いだスーツを小わきに抱えた西嶋が不思議そうに見下ろしていた。

少し考えれば予測できたことだ。元々ここは西嶋に教えてもらった店なのだから。

「なんで、こんなところにいるの？」

純粋な疑問とともに座敷の奥に流れた西嶋の視線が、長い脚を窮屈《きゅうくつ》そうに折り曲げて胡坐《あぐら》をかいた男前を見つけてぴたりと止まり、数瞬おいて洵に戻り、再び座卓の向こうの男に向けられた。

「え…、あれ？　今夜はデートだったんじゃ…」

そこまで声に出してから、西嶋は何かに気づいたように口元を手のひらで押さえた。座敷の上り口に腰を落とし、洵の肩に手をかけてぐいと引き寄せ、本人には見えないよう胸元で背後を示しながら、

「おい、まさか…アレがデートの相手ってわけじゃないよな」

こめかみがぶつかる距離まで顔を寄せてささやいた。

洵はあわてて首を振り、西嶋には聞こえるけれど剛志には届かないだろう小声で言い返す。

「違います。だからデートじゃないって言ったじゃないですか…っ」

否定の言葉を口にした瞬間、しくりと胸が痛んだ。痛みの内訳は後ろめたさ、申し訳なさ、不誠実な態度への自己嫌悪《けんお》。一瞬目を閉じて、心の中で背後の剛志に『ごめん』と謝る。

「なんだ。じゃ、本命に振られたから友達呼んで自棄酒とかか？」

洵が下手《へた》な言い訳をするより早く西嶋が勝手に都合《つごう》のいい解釈をしてくれた。小声でささやく西嶋が、洵の肩にまわした腕に一層力を入れた瞬間、

「洵」

低いけれど張りのある声がふたりの間に割り込む。落ち着いた静かな声音。けれどかすかに苛立《いらだ》ちが滲《にじ》み出ていることに洵は気づいた。

「あ、すみません。お邪魔しちゃいましたね。僕、瀬尾さんの同僚で西嶋と言います」

振り向いた西嶋が人あたりのいい笑顔で詫《わ》びると、剛志は無言で腰を上げ、しなやかな身のこなしでふたりに近づき、洵の腕を軽く引いて背中に庇《かば》うように身体を割り込ませた。

「城戸です」

通路に立つ西嶋を、座敷の上から威圧的に見下ろす剛志の身体から放射されているのは、無断で縄張《なわば》りに侵入してきた敵に対する雄の本能にも似た威嚇《いかく》の気配。

「ちょ…と、剛志」

どうしてそんなに挑発的なんだ。まさか男同士でつき合ってると宣言するつもりじゃないよな。

洵は思わず剛志の服の裾を引っ張った。けれどその心配はどうやら杞憂《きゆう》だったらしい。

「洵とは十年来の親友で、今夜は久しぶりの再会を楽しんでいるところです」

自信に満ちた口調で隙《すき》のない笑顔を浮かべた剛志に、西嶋も自分がお邪魔虫であることを察したようだ。一瞬、何か言いたげに洵を見つめたあと、

「え…あ、それは本当に、お邪魔して申し訳なかったです。…じゃ瀬尾さん、また連休明けに」

あっさりと詫びるように手を上げて奥のカウンター席へと去っていった。

「なんか、なれなれしいヤツだったたな」

席に戻り腰を下ろして追加の冷酒に口をつけた剛志は、うつむきかげんでぼそりとつぶやいた。

「…なれなれしいっていうか、あれくらいのスキンシップはわりと普通だと思うけど」

それよりも休み明けに、西嶋にどう説明しようか。その方が気になる。たぶんさっきのやり取りで、自分たちの関係が単なる友人同士ではないことに気づかれた気がする。

洵はさりげなく西嶋が座る席の方へ意識を向けながら、剛志をなだめた。

「まさか、会社でもあの調子でべたべた触られてるのか!?」

声は店内の喧噪《けんそう》に紛れて自分たち以外には聞こえない程度だが、口調は激しい。真っ直ぐこちらを

見据える瞳にも、見たことのない強い光がゆらめいている。驚いて意識を西嶋から剛志へ戻し、

「別にべたべたってほどじゃないけど、まあ…それなりに」

答えたとたん、剛志の眉間《みけん》に深いしわがくっきりと生まれた。なぜそんな妙な機嫌《きげん》の損《そこ》ね方をするのか理由がわからなくて、胃のあたりがきゅっと縮む。もしかしてやきもちかなと一瞬脳裏《のうり》を過《よぎ》った考えを、洵はすぐに振り払った。剛志はあの程度のことで嫉妬《しっと》するような男じゃない。

「剛志だってあれくらいよくするじゃないか。どうしてそんなこと気にするのさ」

気持ちを落ち着けるために地鶏の串焼きに手を伸ばす。かすかに震えるその指先をふいに強くつかまれ、驚いて顔を上げると、剛志は我に返ったようにあわてて手を離した。そのまま困惑したような、腹を立てているような、そしてどこか悲しそうな表情を浮かべた。

「洵、おまえ…。自覚はないと思うけど」

大きな溜息とともにしみじみとつぶやかれ、ようやく落ち着きかけた鼓動《こどう》が再び波打つ。

「…え、なに？」

自分の言動の何かが彼を不快にさせている。ふいに胸の奥でムクリと不安が頭をもたげた。以前はそれほど気にならなかった剛志の声や表情、自分に向けられる仕草のささいな変化が、今は怖いくらい気になる。

「なに？」

勇気を出して怖々もう一度尋ねると、剛志はふ…っと肩の力を抜いて苦笑いを浮かべた。さらに座卓越しに手を伸ばし、指先で洵の眼鏡《めがね》の縁《ふち》に落ちかかった前髪をつまみ上げる。

「……え、ゴミ?」

突然の仕草の意味がつかめずにいると、そのままくしゃりと前髪をかき混ぜられた。

目の前を手のひらでふさがれて剛志の表情はわからない。けれど微笑みの気配だけは、なぜか額に触れる指先から伝わってきた。愛《いと》しくて自然に浮かべてしまう笑顔。たぶん、間違いない。

少なくとも嫌われたわけではない。ほっとしたとたん、気持ちと頬がほころぶのが自分でもわかる。

「駄目だよ、剛志。他人《ひと》が見てる」

笑いながらやんわりと手を押し退《の》けると、剛志は素直に手を戻し、

「さっさと腹ごしらえして部屋へ行こう」

大層魅力的かつ意味ありげな笑顔で、洵に目配せしたのだった。

店を出て洵の部屋に戻ると、まだ九時前だった。

マンションの七階にある洵の部屋を訪れるのは、二度目になる。一度目は五月。

あの夜、自分から逃げ出そうとした洵をつかまえ追いつめた廊下《ろうか》の壁の色、扉についた細かな傷。剛志はそういったものを、奇妙なほどよく覚えていた。

あのときの自分の行動を振り返るたび、手遅れにならなくてよかったとしみじみ思う。

多少強引ではあったけれど、あの夜有無《うむ》を言わせず洵を抱いたことで自分の中にあった、『関係を進めてしまえば友人には戻れなくなる、本当にいいのか?』というためらいがふっきれた気がする。

九月も半ばを過ぎたとはいえ、室内はまだクーラーが必要なほど蒸《む》し暑い。

駅から十分足らずの道のりを歩いただけで吹き出した汗を先にシャワーで洗い流し、風呂場を出た剛志は持参した薄手の膝丈《ひざたけ》スウェットパンツとタンクトップに着替えると、スポーツ飲料で喉を潤《うるお》した。

一年という期限で出向してきた洵の部屋には、よけいな荷物がほとんどない。部屋に最初から付属していたというベッドとラック、テレビと折り畳み式の小さな卓袱台《ちゃぶだい》。押入の上半分はクローゼットとして使い、下部分にはダンボール箱がいくつか重なっている。

入れ替わりにシャワーを浴びた洵が、下に薄いブルーのパジャマ。上は白のTシャツ姿でキッチンに現れた。濡れ髪を大きなタオルで擦《こす》りながら、冷蔵庫から取り出したミネラルウォーターを一気に三分の一ほど飲み干す。ひと息ついたところでふっと目が合いそうになると、洵はさっと頬を赤らめてうつむき、ぎごちなくまぶたを伏せた。

剛志は無言でペットボトルを小さなテーブルに置き、うつむいたままの洵の手から飲みかけを取り上げた。空《から》になって行き場をなくした両手を包み、そこから肘《ひじ》、そして二の腕へと、触れるか触れないかというやわらかさで指先を滑らせた瞬間、洵はわざとらしく咳払《せきばら》いをしてくるりと向きを変えた。

「あの…、布団《ふとん》の用意をするよ」

こちらに背を向けて両手を意味もなく動かしながら、部屋の片側にある引き戸を開く。首筋や耳朶のあたりがうっすらと色づいているのは、湯上がりのせいばかりではないはずだ。

透明なビニール袋に入ったひと抱えほどの荷物を引っ張り出すと、洵は剛志の視線を避けるよう床に膝を着き、紺色の一見布に見える塊《かたまり》をがさごそと広げ始めた。

「それ、なに?」

「この間、通販で買ったエアマットレス。けっこう寝心地がいいんだ」

「へえ。で、どっちがそれを使うわけ?」

別々に眠ることを前提に準備している洵に、自分は手伝う意志がないことを示すため、剛志は狭いキッチンと七畳《じょう》ほどの部屋の境にある柱に肩を預け、腕組みしながら尋《たず》ねてみた。

「…え? あ…剛志、もしかしてベッドの方がよかった? それなら僕がこっちを使うから」

付属の小型コンプレッサーで空気を入れながら的外《まとはず》れな答えを返す洵を、剛志は苦笑をこらえて眺めた。洵はマットレスが膨《ふく》らむのをしばらく待ってから、やがて手持ち無沙汰《ぶさた》になったのか、そわそわと立ち上がった。こちらに背中を向けたまま押入からシーツとパッドを取り出して振り返る。エアの充填率《じゅうてん》はまだ半分。もう一度押入に頭を突っ込みタオルケットと枕をつかみ出す。

「でもこれセミダブルだから、僕のベッドより広くて寝心地いいと思うんだけど…」

ぎごちなく視線を逸らしながらつぶやく洵の姿を目で追いながら、剛志はこぼれそうになる笑みを唇にあてた指で押さえ隠した。

部屋に戻ったときから洵はずっと剛志の視線を避けている。避けるといっても拒絶のためではない。むしろ逆だ。照れくさくて、どうすればいいのかわからないから、視界から外すことで何とか平静を保《たも》とうとしている。そんなところだろう。

洵は十年間、自分に片想いしていたと言っていた。真面目な彼のことだから、その間、他の誰かで気を紛《まぎ》らわせる…ということもなかったのだろう。キスの間合いや、セックスへ至る流れにうまく乗れない。そんな恋愛の機微に疎《うと》い、もの慣れぬ初々しさがどうしようもなく愛おしい。

枕にカバーをかけ終わったところで、ようやくマットレスが完全に膨らむ。それに薄手のパッドを重ねてシーツをかけると、なかなか立派なフロアベッドになった。確かに寝心地はよさそうだ。

剛志は足下に落ちていた説明書を取り上げてマットレスの耐荷重《たいかじゅう》を確認すると、立ち上がりかけた洵の腕をつかんで引き寄せた。

「……ッ」

「洵」

名を呼びながら、しっかり腕の中に捕らえる。驚いて目を瞠る頬を指の背でひと撫でしてから、そっと眼鏡を外すと、何か言いかけた唇をそっとふさいだ。

「…ん」

洵の喉の奥で鳴った小さな声に性感を刺激される。つかんだ腕の熱、抱き寄せた腰のしなり。そうしたもの全てに剛志の気持ちは煽《あお》られ、体温が一気に上がっていく。

上唇と下唇をそれぞれ甘嚙《あまが》みすると、洵は耐えきれないといったふうに歯列をゆるめた。すかさず舌を差し込むと、驚いたように一瞬逃げたあと、洵もおずおずと舌を絡めてきた。

「ん…、ぅ…」

柔軟で弾力のある熱く濡れた口中を味わいつつ、腰を抱き寄せていた左手で背骨から肩にかけて撫で上げた。腕をつかんでいた右手は、眼鏡を持った人差し指と親指以外で二の腕から肩、そして首筋へと滑らせる。薄い生地を通して手のひらに感じる骨の凹凸《おうとつ》、それを覆《おお》う肌の温もり。互いの熱が溶け合って愛しさになる。

剛志はキスをしながら巧《たく》みに立ち位置をずらし、眼鏡をテレビ台の上に置くと、豆電ひとつを残して室内灯を消した。周囲が暗くなった気配に洵がうっすらとまぶたを上げたときには、すでに床に敷かれたエアマットレスの上。先に剛志が倒れ込み、その上に洵を引き寄せるかたちでキスを解いた。仰向けに横たわる剛志に、跨《また》がるかたちで洵が身を起こす。

「あ…！」

己の体勢に気づいた洵がさらに身を引こうとするのを、腕をつかんで阻止《そし》すると、剛志もゆっくり上体を起こした。そのまま膝立ちで向かい合い、洵を見つめると、洵も熱に潤んだ瞳で見つめ返した。けれどすぐに恥ずかしそうに視線を逸らし、数瞬おいてちらりと剛志を見つめてはまた逸らす、という初な反応をくり返す。

自覚のないそんな仕草がどれほど男を昂《たかぶ》らせるか、洵は絶対にわかっていない。

下腹のあたりから湧き上がる衝動に衝き動かされ、洵のTシャツの裾《すそ》から両手を差し込む。

「……ッ」

わき腹を十本の指先でさわりと撫でながら、胸の突起にたどり着く。そこに指先が触れた瞬間、洵の腰が引けたけれど、シャツの生地が伸びた分しかふたりの距離は広がらない。

「感じる？」

やわやわと乳首をつまみながら尋ねると、洵は上目遣《うわめづか》いでこちらをにらんだものの、指先に力を込

めるたびに息をつめるせいでうまく言葉が出ないようだ。きゅ…っと唇を噛んで目を瞑《つぶ》った隙に、邪魔なシャツをめくり上げた。

「腕を上げて」

耳元でささやくと、洵は首筋を赤く染めながら、それでも素直に協力してくれた。

暗いオレンジ色の光の下でも、目が慣れてくれれば色の濃淡くらい判別できる。しっとり汗ばんだ胸板と、ぷくりと小さく立ち上がった乳首の、いつもより濃い色合いのコントラストが艶《なま》めかしい。

剛志は改めて洵の胸に両手をあてた。洵の両手は、どうしたらいいのかわからないといった戸惑いそのままに、身体のわきで何度も開閉をくり返している。左手で胸を嬲《なぶ》りながら、右手を下腹部へ滑らせる。パジャマのウエストを難なくくぐり抜け、下着もずらして、直接洵自身に触れた。

「ぁ…、剛…！」

それまで所在なげに漂っていた両手が、一気に手首に絡みつく。指の力はそれほど強くない。抵抗も本気で止めようとしているわけではないだろう。

そのまま手のひらを押しつけるようにゆるくまわすと、洵自身がひくひくと反応する。

洵は唇を噛んで目を瞑り、苦しそうな表情で小刻みに首を横に振ったあと、耐えられないといった風情《ふぜい》で剛志の首元に顔を埋めてきた。乳首を弄っていた左手を背中にまわして抱き寄せると、洵も剛志の手首から両手を離し、助けを求めるように肩へすがりつく。

初めての時はお互い必死で、剛志には洵の身体を気遣い、経験値を鑑《かんが》みる余裕もほとんどなく、洵には恥じらう余地が与えられなかった。けれど今回は違う。

「恥ずかしい？」

意地悪な質問にうなずく代わりに洵は一瞬身を固め、肩にすがりついた爪先に力を込めた。かすかな疼《うず》きは痛みと認識される前に快感に変わる。指先で幹の裏を撫で上げ、先走りに濡れた先端を何度も擦《こす》ると、肩口に熱い吐息がかかる。右手を蠢《うごめ》かすたび、洵自身が硬く熱くなっていく。露《あらわ》になったうなじを吸い上げ、親指の爪で先端の窪《くぼ》みを軽く押した瞬間、

「ぁあ…ッ」

かすれた悲鳴を上げて洵は仰《の》け反《ぞ》り、次にうつむいて、嫌々《いやいや》をするように小さく首を振った。その間中ずっと目は瞑ったままだ。まるで自分が目を閉じてさえいれば、自分も見られないと信じているように——。

剛志は小さく笑みを浮かべた。

愛する存在が、自分の愛撫で悦《よろこ》ぶ様を目で追う愉悦《ゆえつ》。洵が感じている快感を視覚から取り入れることで、剛志もまた快感を得る。その悦びを洵にも知って欲しいけれど、今はまだ無理だろう。

「ふ…ぅ…」

背中を抱いていた左手に体重がかかる。洵は愛撫から逃れるようマットの上に崩れ落ちた。あとを追って上体を重ねると、それだけで洵は切なく喘ぐ。目尻に涙を滲ませながら。

五月に初めて抱いたときよりも、ずいぶん敏感になっている。肌を合わせただけで涙ぐむほど感じてしまうということは、肉体的なことよりも精神的な要素に依《よ》るところが大きい。

——単に触られて気持ちいいんじゃなく、俺にされるから気持ちいいんだ。

思い上がりではない。腕の中で汗ばんだ肌を波打たせ、与えられる愛撫に耐えきれず胸を押し返し、次の瞬間には救いを求めるよう剛志の肩にすがりつく。涙に濡れた睫毛、何度もくり返されるキスと快感のせいでぷくりと充血した唇。そうしたもの全てが、言葉にしなくても洵の気持ちを伝えてくる。

重ねた肌から染《し》み込んでくる。けれど今は声が聞きたい。

「俺は会えなかった四カ月の間、ずっとこうすることを夢見てた。…洵は？」

こめかみに流れる汗を舌先で舐め取ってから耳元でささやくと、洵はうっすらとまぶたを上げ、瞳を潤ませながら小さくうなずいた。

「じゃ、俺のこと考えながらここを弄ったりした？」

幹《みき》をじわりと握りしめながら尋ねると、洵は口元を拳《こぶし》で押さえ、頬を真っ赤に染めて黙り込む。

「じゃあ、ここは？」

幹を伝い下りた指先で奥まった場所にある窄まりを突《つつ》く。触れた瞬間、そこはきゅッと収縮《しゅうしゅく》した。

洵は息を呑んで腰を引き、身をよじりながら剛志の胸を押し返そうとする。

「…ッ…そ、そこは…」

「自分じゃ弄らなかった？」

腕から逃れようと身をよじったのを逆に利用して、横抱きで洵の背中に胸を重ね、自分の右足で洵の右足を前へ蹴り上げるよう押しつける。下肢のつけ根が無防備にさらされたところで、用意しておいた潤滑剤《じゅんかつざい》を右手の中指にたっぷりと絡め、窄まりへ突き入れた。

第一関節のあたりまで入ったところで強い収縮を受けたが、円を描くように揺らしていると、ふ…

っと抵抗がゆるむ。その瞬間を逃《のが》さずさらに奥まで指を進める。ぴたりと密着させた胸にあたる洵の背中が、自分の指の動きに合わせて強張り張りつめ、時にしなり躍動する。肩口から前へまわした左腕でそれらの動きを封じつつ、指先で乳首を嬲ってさらに煽りながら、

「こんなふうに自分でかきまわしたり、拡げたり。指だけじゃ満足できなくて、俺の代わりになるものを入れてみたりとか」

「そ…んなこと、してな…ッ」

わかってる。洵のことだから前はともかく、後ろを自分で慰めることはできなかっただろう。

「ふうん。五月に抱いたときちょっと強引だったから、もしかして気に入らなかった？」

「……」

「俺はあの夜のこと…、ここの熱さとか洵の声を思い出すたび、堪《たま》らない気持ちになった。会いたくて、会いに行きたくて。仕事が終わって夜中に部屋に帰って、せめて声が聞きたいと思っても、洵はもう寝てるよなって思うと電話もできなくて。夢の中で、もう何度抱いたかわからないくらいだ」

吐息で耳朶を嬲るようにささやきながら、右手を忙しなく蠢かし二本目をツプリと押し挿れて、

「洵は？」

恋にもセックスにも不慣れな相手を追いつめる。相愛の相手だからこそできる意地悪。

洵が自分から『して欲しい』とか『好き』という単語を口にするのが苦手だと知っているからこそ、なおさら聞きたい。求めて欲しいし、乱れて欲しい。

何かに耐えるよう目を瞑り、頬を染めて歯を食いしばる恋人の唇はなかなか固い。それなら代わり

に…と、剛志は洵の後孔《こうこう》にもぐり込ませた指を少しきつめに折り曲げ、指先で内部を刺激した。

「やっ…！　ぅ…ッ」

とたんに腕の中で身体がうねる。洵はきつく閉じていたまぶたを上げて、涙に濡れた睫毛《まつげ》を震わせながら『意地悪するな』と潤んだ瞳で訴えた。その表情が、仕草が、そして抱きしめた肌の熱さが、洵という存在の全てが愛しくて、剛志は拗《す》ねたように少し尖《とが》った唇に自分のそれを重ねた。口中を深く犯しながら指を引き抜き、代わりに濡れた後孔に自身の猛《たけ》りを押しあてる。ヒクリと逃げかけた腰を引き寄せ、閉じようとした右の太腿をつかんでさらに拡げて、ゆっくりと自身を埋めていく。

「…ッ！　ぁ…あ……っ」

眉根をきつく寄せた洵が喘《あえ》ぎ声を放つ。その声が鋭い悦楽の錐《きり》となって、剛志の腰椎《ようつい》から胸のあたりを貫《つらぬ》く。穿《うが》たれた場所から快感よりもっと深い愛しさが生まれて、身体中に微細《びさい》な光と温かさを拡散させる。

「洵、好きだよ。愛してる」

根本まで欲望を埋めてしまうと、洵が口にできない分を補うように想いを言い重ねた。何度もくり返していれば、やがて洵の中に降り積もった言葉が出口を求めるようになるだろう。

「……剛…志、あ…っう…ん、…ん」

焦らすようにゆっくり抜き挿しを始めると、洵は艶やかに鳴き始めた。耐えきれず、自分から『もっと』とせがんでくることをねらって、剛志はことさら淫靡《いんび》に腰を使った。

過去につき合った何人もの男女を夢中にさせたテクニックだ。一度や二度しか経験がない洵に、太《た》刀打《ちう》ちできるわけがない。

最初は馴れない様子で強張らせていた身体は、やがてやわらかく蕩け出し、腰も剛志の動きに合わせて波のようにうねり始めた。密着した肌の間で熱が高まり、汗が流れ落ちる。

「ぁ…あ…ッ！　だ、め…」

耐えきれないように頭を振った洵の、しなるうなじに噛みついて強く吸うと、欲望で深く繋《つな》がった腰がビクリと震える。放出の前兆を察した剛志は、洵のペニスの根本をきつく握って吐精《とせい》を阻《はば》み、さらに緩慢《かんまん》な抜き挿しをくり返した。

「……志…、剛…志…、お願…いだか…ら」

「うん？」

「…頼む…から、も…」

「もう？　どうして欲しい？」

斜め後ろから、うつむきながら喘ぐ恋人の顔を覗き込む。その間にも、洵が感じる場所を己の欲望で的確に擦り上げ続ける。

「――…ぁ」

腕の中で洵の身体が仰け反り、剛志の欲望を包み込んでいる粘膜《ねんまく》が強く収縮する。

「…くっ…ぅ」

強いしめつけに剛志は思わず声を漏らして耐えた。数瞬後にはゆるんだかと思った洵の後孔は、しかし再び、獲物《えもの》を呑み込む貪欲《どんよく》な生き物のような蠕動《ぜんどう》をくり返した。そのあまりの心地よさと予期せぬ動きに剛志は耐えきれず、己の欲望を恋人の中に放った。同時に右手をゆるめて、洵も解放する。

「ぁ…あ……ッ…！」

洵は、背後から刃を突き立てられたように息をつめ、身を固くしたかと思うとマットレスに突っ伏した。くたりと弛緩《しかん》した無防備な身体が、胸元にまわしていた剛志の腕に重なる。その重みを抱き寄せ、うなじから流れ落ちた汗が筋を残す洵の白い背中に、自分の身体を重ねた。そのまま、目を閉じて浅い息をくり返している洵の横顔をうっとりと眺める。

頬と額に張りついた髪をそっとかき上げると、洵は目を開けて仰向いた。その唇をついばんで軽いキスをする。しばらくして互いの息が少し落ち着くと、洵がもぞりと身体を動かした。腰を浮かせ前へ逃げようとしている。その意図を察した剛志は、少し意地悪な気持ちで洵の腰に手をまわして引き戻した。同時に抜けかけていた自身を再び洵の中に納める。

「…ッ、剛……あッ」

顔を赤らめて抗議しかけた洵の声が途切れる。剛志は小さく笑いながら、洵の上体をマットに押しつけ、下腹部の傍《そば》にあった枕を押し込んで腰を高く掲《かか》げさせると、そのまま背後から二度目の追い上げを開始した。洵の抗議の声が、甘い喘ぎに変わるのを聞きながら。


蒸し暑さで目覚めると、カーテンの隙間から眩しい陽射しが差し込んでいた。エアコンはオフタイマーがセットされていたのか、夜中に切れたままらしい。手探りでリモコンを探り出し、ドライに設定してから、足下で丸まっていた薄いタオルケットを引き上げた。

右手で光の筋を遮《さえぎ》りながら、左手にかかる重みと温もりに視線を向けると、腕の中の恋人はまだ深い眠りに身を委《ゆだ》ねていて、目覚める気配はない。五月に続いて昨夜も、相手の限度を超えた抱き方をしてしまった。目を覚ましたら、洵はまた俺に噛みついたりするのだろうか。

無防備な寝顔を見つめていると自然に頬がゆるむ。

うっすらと汗をかいた額からこめかみに指先を滑らせ、やわらかな髪を何度も梳《す》き上げる。男にしては肌理《きめ》が細かく薄い肌は、しっとりと吸いつくような馴染みのよさ。

本人は地味で特徴のない容姿《ようし》だと思い込んでいるが、こうして一糸《いっし》まとわぬ姿をよく見てみると、スタイルは悪くないし肌もきれいだ。閉じたまぶたの下に影を落とす睫毛は、存在を主張しすぎず、かといって貧弱というわけでもない。眉は洵のやさしい気質そのままにゆるやかな弧を描いている。眼鏡をかけているときはあまり意識しないけれど、鼻筋はすっきり通っているし、唇も品よく整っている。眠っているときでもわずかに上がって見える口角は、彼がいつも笑顔を絶やさないことを意味している。洵の従弟《いとこ》である煌《こう》などと比べれば、もちろん華やかさでは敵《かな》わない。けれど洵には洵の美しさがあると思う。

それは外見の…というだけでなく、内面から滲み出す気高さのようなものによって形作られている。その美しさと可愛らしさに、よくもずっと気づかずにいたものだ。自分の鈍感《どんかん》さにも呆れるが、十年も片想いしていたというのに、それをひたすら隠し続けた洵の忍耐力と自制心は感嘆に値《あたい》する。

「う…うー…ん」

頬や目元を撫でていた指がくすぐったかったのか、洵が小さなうめき声を漏らしながら身をよじった。一旦《いったん》は剛志に背を向けて、しばらくもぞもぞと身動《みじろ》いだあと、くるりと寝返りを打ってこちらを向き、再び腕に頭を載せ、胸元に顔を埋めるようにしてすやーと寝息を立て始める。

その寝顔を眺めながら、やはり以前より魅力が増したと思う。空港のロビーで久しぶりに姿を見た瞬間、以前にはなかった色気を感じた。それが、長年押し隠していた恋心を解放したせいなのか、それとも惚れた欲目のせいかはわからないけれど。

——そういえば、居酒屋で声をかけてきた西嶋とかいうやつ、注意した方がいいな。洵は認めたがらないだろうけど、あれはどう考えても洵に気がある。

思い出したとたん、店で感じた焼けつくような不快感が甦《よみがえ》る。その強烈な負《ふ》の感情がなんであるのか、剛志は最初気づけなかった。かつてつき合ったことのある誰に対しても、これほど激しく心動かされことはなかったからだ。

それの名は『嫉妬』という。

誰にも渡したくない。絶対に。自分のものだけにして、できるなら所有の証《あかし》を刻み込みたいという欲求。そのことを知らなかった頃の剛志は、恋人が示す過度の嫉妬やこちらの気持ちを試すようなわがままが嫌いだった。

けれど本当に大切な存在ができた今ならわかる。執着の強さは、想いの深さの裏返しでもあると。

相手が異性なら話は簡単だ。結婚してしまえばいい。ふたりの関係は法的に守られ倫理《りんり》的にもある程度の拘束《こうそく》力を持つ。けれど同性同士では養子縁組《ようしえんぐみ》でもしない限り、お互いの気持ちだけしか頼るものがない。

剛志は洵の細く器用そうな指を持ち上げて、しばらく思案気《しあんげ》に眺めたあと、額に軽いキスを落として目を閉じた。

次に目を開けたのは、シャワーの水音が止《や》んだ瞬間だった。続いてドアの開け閉めが静かに響く。冷蔵庫を開ける音。ペットボトルを取り出して喉を潤し、ひと息吐《つ》いて、足音を立てないようこちらに近づいてくる。覗き込む気配に合わせて顔を上げると、

「あ、起きてた？」

眩しいものでも見るように目を細めて洵が微笑みかけてきた。

上体を起こして周囲を見まわし、枕元にきちんと置かれた腕時計を持ち上げる。十二時半。朝方まで激しい運動をして眠りについたわりには、早く目が覚めた方だろう。

「今起きた」

「シャワー浴びてきたら？　そのあとで飯を食いに行こう」

ひと足先に汗を流した洵は、生成《きなり》の綿シャツにジーンズというラフな恰好《かっこう》で、照れくさそうに剛志の裸体《らたい》から視線を逸らしている。さらに、剛志がタオルケットを腰に巻きつけて立ち上がったのに合わせてさりげなく一歩後退《あとじさ》ったのは、五月の教訓が生きているせいだろう。

五月のあの日。洵にとっては初めての嵐のような一夜が明けたあと、もうこれ以上は無理だという彼の訴えを甘い睦言《むつごと》で説き伏せて、起き抜けに一回、シャワーと食事のあとに一回、ひと眠りしてからさらにもう一回と、我ながら、セックスを覚えたてのガキのようだと自嘲《じちょう》したくなるほどがっついてしまった。

洵の方は半ば呆然《ぼうぜん》としながらつき合ってくれたものの、さすがに最後の方は呆れていたように思う。せめておはようのキスくらいさせてくれと、剛志が一歩踏み出すと、洵は少しだけ困ったような笑顔を浮かべ、『シャワーを浴びてきたら』と、もう一度風呂場を指し示した。

「…わかった」

汗と昨夜の名残《なごり》のあれやこれやで汚れた自分の身体を見下ろして溜息を吐き、剛志は腰に巻いたタオルケットの他に、マットレスにかけてあったシーツもついでに剝《は》ぎ取り風呂場へ向かった。

熱めの湯で汗を流し冷水で頭を冷やして部屋に戻ると、エアマットレスは片づけられ、床に置かれた小さな卓袱台には、アイスコーヒーとバターを塗ったトーストが用意されていた。

「とりあえずこれだけ腹に入れたら、外に食べに行こう」

厚切りの半分を剛志に差し出した洵の傍《かたわ》らには、タウン誌とグルメマップ、九州《きゅうしゅう》の観光ガイドが重ねられている。朝と昼を抜いた状態だから、出かける前に少しだけ腹ごしらえしておこうという、洵らしい気遣いだ。

「…ああ」

次に洵が何を言い出すか予測ができて、思わず出そうになった溜息を嚙み殺しつつ床に座り、香ばしいトーストを頰張る。

「せっかくだからどこか観光する？　今からだとあんまり遠出はできないけど、確か日帰りできる温泉があったはず。それか、今から泊まれる宿を探すっていう手もあるけど」

案《あん》の定《じょう》の提案に剛志は目を閉じながらベッドに背を預け、それからゆっくりまぶたを上げて洵の顔を流し見た。

「——…洵は、動けるわけ？」

「え？」

「足腰、立つの？」

指についたバターを舌先でちろりと舐め上げてみせながら、眼差しに含みを持たせると、洵は真っ赤になって息を呑んだ。反論できないのが答えだ。

「温泉プランには惹《ひ》かれるけど、今回、観光は無理だと思うよ」

洵の視線が「なぜ？」と聞き返す。

「俺は今日も明日も洵を抱きたいから。せっかく旅館に泊まっても、観光の余力を残すようにセーブはできないと思う。それに、久しぶりに逢えたんだからふたりきりの時間を大切にしたい。移動に時間を割《さ》かれるくらいなら、レンタルビデオでも見ながらこの部屋で洵と一緒にいた方がいい」

正直な本音を告《つ》げる剛志の視界に、ちらりと数ヵ所に付箋《ふせん》の貼られた観光ガイドが映る。自分のために前もって調べてくれていた洵の気持ちを思うと申し訳なく思うが、来年、洵が東京に戻ってくるまで、ふたりきりで過ごせる時間は貴重なのだ。

「——…あ」

洵は一瞬何か言いかけたあと、ふっと肩の力を抜いてうなずいた。

「そ…うだね。うん」

同時に、目覚めたときからそこはかとなく発していた、許容量を超えた激しいセックスに対する抗議の気配も形《なり》を潜める。あとに残ったのは、どこまでも剛志の意を汲《く》もうとするやわらかな懐《ふところ》深さ。それは友人の頃から剛志が愛して止まない洵の美点ではあったけれど、なぜかそのとき、かすかな違和感を感じた。それが剛志の中できちんと形になるのは、もう少しあとのことになる。

一月四日。

電車を下りて、そこかしこに飾られた門松《かどまつ》が新春の名残を漂わせているビル街を抜けると、洵が出向している会社に着く。出社してきた社員と新年の挨拶を交わしながら暖房の効いたロビーに入り、手袋を外してIDカードを取り出す。チェックインゲートを通過してエレベーターに乗ると、ちょうど自分で定員になったらしい。何も考えず左手で閉ボタンを押した瞬間、左手の中指のつけ根がチカリと光った。

——あ…っ。

洵はあわてて手を握りしめ、そのままポケットに突っ込んだ。熱くなった頬を隠すためうつむいてインジケーターランプの点滅を目で追う。背後で交わされる「寒いですね」「休みはどうしてました」等といったたわいもない会話の合間に、誰かが『指輪』とささやいた気がして、洵はポケットに隠した左手をさらに強く握りしめた。

年末に東京へ戻ったとき剛志から贈られたプラチナの指輪は、左薬指のサイズに合わせたものだった。さすがにそれではあからさますぎるので一応中指に替えたものの、それでも会社にしてくるのは勇気が必要だった。普段からカフスやファッションリングを楽しんでいる人間ならともかく、そういう洒落《しゃれ》っ気のなかった洵が中指にとはいえ指輪をしてくれれば、目敏《めざと》い人間でなくても「恋人ができたんだ」くらいは思うだろう。

事実なんだから堂々としていればいい。

剛志ならそう言うに違いない。事実、離れている間に変な虫がつかないように、という意味のことも言われた。――わかっているけど気恥ずかしい。恋愛に不慣れな洵にとって、甘い束縛《そくばく》を象徴《しょうちょう》する指輪は、誇らしさと同時に気恥ずかしさが混在するアイテムだ。

互いに、身に着けているものはこの指輪だけという状態で、丸一日ベッドの中で過ごしたのはつい数日前のこと。耳元には、まだ男の甘いささやきが残っている。

愛していると肌に染み込むほど何度も言われた。剛志が十回口にする間、洵はなんとか一回「僕も…」と返すのがやっとという有り様。にもかかわらず、彼は洵の晩生《おくて》な反応を愛おしそうに見つめて、『少しずつ慣れていけばいい』と微笑んでくれた。

蕩けるような甘い声とやさしい瞳。あふれんばかりの愛情を向けられるのは恋人である自分だけ。

一年前までは夢見ることも叶わなかった幸福の証がポケットの中で体温と同じ温もりを宿している。金属《レアメタル》の滑らかさを指先で確かめると、すぐ傍に剛志がいてくれるような安心感が甦り、洵はほっと息を吐いた。

一週間前。

東京の部屋を引き払って福岡にやってきたため、正月は実家で過ごそうと考えていた洵は、羽田《はねだ》に迎えに来た剛志によって都内にある彼のマンションへ連れ去られ、結局休暇の間中そこで過ごすことになった。

ふたりの関係がまだ友人だった頃、剛志が洵の部屋に入《い》り浸《びた》ることはあっても、洵が剛志の部屋に泊まることはほとんどなかった。狭いながらもリビングがあった洵の部屋と違い、防音が整っていることを優先させた剛志の部屋は、小さなキッチンが申し訳程度についているワンルーム。友人としての距離を保つには狭すぎたからだ。けれど今は、

「ベッドだけは一応セミダブルだから、部屋が狭くてもなんとかなるだろ」

剛志が言う通り。恋人同士ならば、近づきすぎて身体が変化することを心配しなくてもいい。

洵は実家に連絡を入れ、剛志の希望を優先させることにした。

三ヵ月振りに見た剛志は、また一段と男振りが上がったように感じる。

大晦日《おおみそか》に地元の商店街へ買い出しに出かけたときも、別に奇抜《きばつ》な恰好をしていたわけではない。藍《フォギィブルー》鼠のミドルゲージニットにタイトなシルエットのミリタリーコート、パンツは穿き古した黒の鹿《しか》革《かわ》。コートの色も黒だから、冬の装《よそお》いとしては標準的な色使いだ。けれどまとっている本体が平均を遙《はる》かに上まわっているせいか、外国の珍しい食材や自然食品を扱う店に入ったとたん、店内にいた客の視線をごく自然に吸い寄せた。それらをあたり前のように無視できる剛志を間近に見て、洵は改めて彼がいかに魅力的であるかを思い知らされたのだった。

翻《ひるがえ》って洵の恰好はといえば、オフホワイトのニットにサンドベージュのスラックス、誕生日に剛志から贈られたキャメルカラーのカシミアコートと煉瓦《れんが》色のマフラーという、どちらかといえば派手な

出立《いでた》ちである。コーディネイトしたのは剛志で、マフラーは彼からの借り物だ。

酒の肴《さかな》になりそうな珍しいチーズを物色していると、向こうから歩いてきた女性客が剛志に気づいてハッとしたように立ち止まり、互いが完全にすれ違うまで、商品棚を眺めるふりでちらちらと名残惜しそうに目で追っていた。その視線を剛志はさりげなく、そして完全に、ないものとして扱った。

昔から容姿で注目を浴びることが多く、さらに仕事の関係でもすり寄られることが多い剛志は打算《ださん》含みの気配に敏感で、羨望《せんぼう》や好意を含めた、人間と感情のあしらい方を心得ている。

剛志にとっては当然の、けれど洵にとっては冷ややかにも思えるそうした態度が、愛される幸福という土壌《どじょう》に埋もれかけていた不安の種を、かすかに揺り起こす一粒の水滴となった。

恋心を押し隠しながら友人として傍に居続けた十年間。剛志は多くの男女とつき合い、そして別れた。洵の知る限り交際期間は最短で一週間、最長は一年程度だったと思う。

別れる原因の第一は相手のわがままで、他にも嫉妬や慢心、虚栄心の強さが鼻につくようになると気持ちが冷《さ》めてしまうようだった。だからといって剛志の許容範囲が狭すぎるというわけではない。

秀でた外見に反して、剛志は恋人に対して誠実だ。二股《ふたまた》は決してしないし、つき合うからには可能な限り恋人を思いやることもできる。けれど相手がそのやさしさに馴れて要求をエスカレートさせると、剛志の気持ちは冷めてしまう。

それを知っているから怖い。

『寂しい』とか『もっと一緒にいたい』という気持ちを押しつけて、彼の気持ちが離れてしまうことがなによりも怖い。これまで剛志がつき合い別れてきた恋人たちと自分は違う、などと無邪気に信じられるほど楽天家でもない。

剛志の恋人である今は、『一番』として大切にされているけれど、もしも別れてしまったら？　洵もさっきの女性と同じようにすげなくあしらわれる日がくるかもしれない。

「疲れた？」

店を出て複雑な表情で黙り込んだ洵をどう思ったのか、肩をちょん…と押しつけながら声をかけてきた剛志にあいまいに首を振ってみせる。

ずっと好きでいて欲しい。少しでも長く、恋人として傍にいさせて欲しい。

願いは、成就《じょうじゅ》するあてのない片恋をしていた頃よりも強く深くなっている。

剛志に少し遅れて歩き始めながら、洵はそっと彼のコートのベルトの端をつかんだ。堂々と手を繋いだり腕にすがりついたりできない臆病《おくびょう》な洵にとって、それが精一杯の独占欲の意思表示だった。

そのあとはデパートで切り身の鮭《さけ》に年越し蕎麦《そば》、ビールとワインと吟醸酒《ぎんじょうしゅ》、そして出来合いのお節《せち》料理を買い込んで部屋に戻り、レコード大賞と紅白を見ながら小さな炬燵《こたつ》で鍋を突《つつ》いた。行く年来る年が始まると、ふたりで近所の神社に二年参りに出かけた。地元の人間がパラパラと足を運ぶような小さな境内《けいだい》にはきちんと灯りが点《とも》され、しめ縄に挟み込まれた紙垂《しで》の白さが、キンと張りつめた冷気の中に鮮《あざ》やかに浮かび上がる。白い息を吐きながら賽銭《さいせん》を投げてお参りを済ませると、夜道であることを幸《さいわ》いにこっそり手を繋いで歩いた。

ひとつひとつはささいなことで、傍《はた》から見ればごくありふれた出来事でしかないだろう。けれど洵にとってはかけがえのない甘く幸福な時間だった。

「四月に東京《こっち》へ戻ってきたら、住むところはどうするつもりだ」

「新しい部屋を探すつもりだけど？」

当然の答えを返すと、剛志はあごのあたりを撫でながら歩調をゆるめた。

「一緒に暮らさないか」

「え…？」

驚いて思わず立ち止まり、剛志の顔を見上げた。

「そんなに意外か？　どうせ新しく借りるなら、少し広めのところを探して一緒に住めば互いの部屋を往き来する手間が省《はぶ》けるだろ」

「……」

だって剛志、これまでつき合ったひとと同棲《どうせい》なんてしたことなかったじゃないか。それに、もしも別れることになったらどうするつもり…――。喉元まで出かかった疑問を、寸前《すんぜん》で押し戻す。不吉な言葉は口にしたくない。声に出せば、それだけ現実になるのが早まる気がするから。

「なにか問題があるのか？」

洵がためらう理由など思いつかないのだろう。当然のように同意を求められて、洵は覚悟を決めた。

「…ない。剛志が構わないなら、いいよ。一緒に暮らそう」

暖められた部屋に戻って新年の挨拶を交わし、コートを脱ぐついでにニットとシャツも脱がされて、キスを受けながらベッドに倒れ込んだ。三度目ともなれば、さすがに洵でも心の準備くらいはできている。部屋には何度か訪れたことはあったけれど、ベッドに横たわるのは初めてだ。シーツも上掛けカバーも清潔に保たれている。なのに身動《みじろ》ぐと、かすかに剛志の匂いがする。普段は意識することのない、どこか官能を刺激する甘い香りを吸い込むと、肉食獣の巣穴に引きずり込まれた獲物になったような心地がした。

互いに一糸まとわぬ姿になると、剛志が腕を伸ばしてヘッドボードの上から何かを取り出した。

「プレゼントがあるんだ。目、瞑って」

「…?」

——この状況でプレゼントって…、まさか大人の玩具《おもちゃ》系じゃないよな。

普段はともかく、セックスに関してはどこか箍《たが》が外れたようになる男の申し出に一抹《いちまつ》の不安を覚えつつ、洵はまぶたを伏せた。温かな闇の中で剛志が何かを取り出す気配がする。続いて左手首をそっとつかまれ、薬指にひんやりとしたものを感じた瞬間、心臓が破れるのではないかと思うほど高鳴った。驚いて目を開け、左手を確かめると、そこには予想もしていなかった贈り物が、硬質な銀色の輝きを放っていた。

「あ…」

指輪だ。厚みのある地金と、シンプルだけど洗練されたデザインが、あつらえたようにピタリと指に嵌《はま》っている。どう反応していいのかわからず、指輪と男の顔を交互に見つめていると、剛志は珍しく照れくさそうな笑みを浮かべながら、自分の左手を翳《かざ》してみせた。

「お揃《そろ》い。意味は…わかるよな?」

わからない。とっさに首を横に振ってうつむいた。

自分の都合のいいように考えて、思い違いをするのが怖い。

「一応、デザインから起こして発注した一点物なわけ。用途はなんですかと聞かれたから『結婚指輪です』と答えた。薬指に嵌めると『私には生涯《しょうがい》をともにする伴侶《はんりょ》がいます』という意味になる」

これ以上説明がいるかと耳元でささやかれ、もう一度首を横に振る。そこまではっきり言ってもらえたら、誤解のしようがない。

「あり…が…とう」

求められているのだ。特別な存在として。たとえ永遠ではないにしても今この瞬間、自分は剛志の恋人として誰よりも大切にされている。それだけは自信を持っていい――。

『ポーン』という軽やかな電子音とかすかな昇降機の揺れで、洵は物思いから醒めた。

無意識に開ボタンを押してから自分の迂闊さに気づいて、再び頬が熱くなる。もう一度集めてしまった視線から宝物を守るように、洵はあわてて左手をポケットに入れた。

エレベーターを降りて人気《ひとけ》のない通路に逸れてから、剛志から贈られた誠意の証をそっと外した。数日間とはいえ肌に馴染んだかすかな重みが消えると同時に、剛志への申し訳なさと、自分がとても無防備な姿で氷雨《ひさめ》の下に立っていたことに気づいたような、漠然とした不安と心許《こころもと》なさが広がる。

帰りにネックレス用のチェーンを買えばいい。指に嵌めてなくても、いつでも身に着けていられるように。自分にそう言い聞かせながら、洵は指輪をなくさないよう鞄の内ポケットに大切にしまった。

二月下旬。午後九時五十分。

マイクの位置と角度を何度も調整し、種類を替えてみても、ギタリストの顔に納得の色は浮かばなかった。剛志がもう一度セッティングのためにコントロールルームから出ようと、腰を上げかけると、

「うん、今のでいいんじゃないの」

腕時計をチラリと確認したプロデューサーが口を開いた。

剛志は彼に向かってわずかに小首を傾《かし》げ、次にさりげなくギタリストの方へ視線を移す。

この録音がデビューアルバムとなる新人バンドのギタリストは、ほんの一瞬納得しかねたように眉をひそめたが、すぐに表情を消してこくりとうなずいた。彼が本当は満足していないことに気づいたのは、コントロールルームで一緒に音を確認していたメンバーの中ではヴォーカルであるバンドリーダーと剛志だけだった。

彼らは自分たちが音ではなくルックスで売り出されることを充分理解している。そしてタイトなレコーディングスケジュールが、すでに押し気味になっていることも。

「もう一回、ちょっとだけ調整させてください」

剛志が駄目もとで言ってみると、プロデューサーは少し考えてからうなずいた。その瞬間ギタリストの顔に、労を厭《いと》わない剛志への感謝と尊敬の色が浮かぶ。剛志はギタリストとともにスタジオの機材のもとへ戻り、これまでの会話から彼が求めるイメージを確認した。

「紫藤《しどう》さんは、もう少し尖った感じの音が欲しいんだよね？」

紫藤は驚いたように目を瞠り、素直にコクリとうなずいた。歳は剛志より五つ下の二十二。ルック

ス優先で売り出されるだけあって、目鼻立ちの整った青年がふと見せる素《す》の表情は、どこか保護欲をそそる。まだ都会の垢《あか》に染まらず大人のふてぶてしさも身に着けていない、少年期の純粋さを残した姿は、正直なところ剛志のタイプである。

もちろんそんなことはおくびにも出さず、剛志はアシスタントを呼んでスピーカーを少し持ち上げてもらい、四隅に百円玉を敷いた。そうして紫藤にもう一度ギターで音を出してもらう。

最初の一音で紫藤の表情がパッと変わった。低音から高音までと収録曲のワンフレーズを弾いて、満足気にうなずく。剛志はそれへうなずき返すとコントロールルームへ戻った。

「最近、調子いいみたいだな」

スタジオの休憩室に備えつけられたコーヒーサーバーは、一杯分ずつ豆から挽《ひ》いてドリップするおかげでそれほど味は悪くない。淹《い》れたてのカップを手に剛志がソファへ近づくと、仮眠から起きた先輩エンジニアの工東《くどう》が、欠伸《あくび》まじりにニヤリと笑った。時刻は午後九時三十分。お互いこれからもうひと…、いやふた仕事といった時間帯だ。

「そうですかね」

「ああ。それが原因か?」

工東が『それ』と目線で示したのは、剛志の左手の中指で銀色の光を放っている指輪。

「ええ、まあ」

剛志はしれっとうなずいた。自分ではクールに返したつもりだったが、どうやら無意識に笑顔を浮かべていたらしい。工東は「そりゃご馳走様《ちそう》」とつぶやいて、手のひらでつるりと自分の顔を撫でた。

三歳年長の工東は、剛志が入社したとき初めてアシスタントを務めたエンジニアで、短く刈り込んだ頭髪と同じくらい濃いひげが顔下半分を占領している。身長は剛志より低いが、どっしり落ち着いた体格と何事にも動じない温厚で忍耐強い性格が、絵本に出てくる熊のようだと言われ、皆から〝熊さん〟の愛称で呼ばれている。

「なんだ、その、もしかしてそろそろ年貢《ねんぐ》の納め時ってやつか？」

工東の分もコーヒーを取ってこようと立ちかけた剛志を手で制し、自分で淹れて戻ってきた工東は、ソファには座らず立ったままカップに口をつけた。

「俺はそのつもりなんですけどね…」

同性の目から見ても魅力的で、およそ恋愛事で悩むことなどなさそうな色男のぼやきに、工東は興味を惹かれたらしい。さっきまで自分が眠っていた臙脂《えんじ》色のソファにもう一度腰を下ろし、無言で続きを促す。剛志は捉えどころのなかった胸のわだかまりを初めて口にした。

「元々控えめでやさしくて、気遣いが心地いい奴だったんですけど、なんていうか…こう、つき合い始めたらよけいに遠慮がちになって」

――俺が「こうしたい」と言えば、洵は受け入れる。それが本人も望んでいることならいい。けれど問題は、たとえそれが本人の意に添わないことでも結局はうなずいてしまうことだ。

正月に同居しようと迫ったときも、洵はずいぶん戸惑っていた。たぶん本音ではあまり乗り気じゃなかったんだろう。それでも最後は俺の意志を優先してくれた。洵の戸惑いに気づいていたのに、気づかないふりで強引に同居話を進めたのは、早く彼を独占してしまいたかったからだ。

自分のそうしたわがままが、全て洵の包容力と忍耐強さ、そして十年も片想いを続けながらそれを気取《けど》らせることも負担に思わせることもなかった、思慮《しりょ》深さと健気《けなげ》な愛情に支えられていることを、この一年足らずで嫌というほど思い知った。

工東は黙って聞いている。剛志は手早く洵と自分は十年来の友人だったことを説明してから、

「普通は逆じゃないですか。遠距離とはいえつき合い始めてもうすぐ一年になるんですよ？　もうちょっとわがまま言ってみたり、ちょっとしたことでやきもち焼いたり、忙しくてなかなか会えないから寂しい…って拗ねられたり。そういうのが出てくる時期だと思うんですけど」

むしろ出して欲しい。もっと本音を見せて欲しいと思う。十年も想いを押し隠してきた分、恋人同士になった今こそ己をさらけ出して欲しい。

「そりゃ、おまえさんに嫌われたくないんだろ。その子」

——やはりそうか。そうだろうとは思っていたけれど、第三者に言われると重みが違う。

単純明快に言い切られて剛志が黙り込むと、工東はさらに言い重ねた。

「可愛いもんじゃないか。まあ、嫌われるのが怖くて我《が》を出せないってことは、裏を返せば城戸のことを、言い方は悪いが信用してないってことでもあるけどな。十年来の友人だったってことは、おまえさんが恋人を取っ替え引っ替えしてきたことも知ってるんだろ？」

「う…」

痛いところを突かれてグッとつまる。取っ替え引っ替えとは聞き捨てならないが、事実なので反論

もできない。自分が過去につき合い、そして別れた男女の数は両手では足りないし、それぞれの交際期間もお世辞《せじ》にも長いとは言えない。

「まあ俺も入社以来八年間、城戸を見てきたけど、恋人に指輪を贈ったってのは今回が初めてだから、その本気のほどが相手に理解できるように伝えればいいんじゃないか」

「そう…ですね」

——洵は十年も、叶うあてのない絶望的な恋心を抱えながら俺の傍にいて、支えてくれた。

同じことを自分も洵に返したい。単なる独占欲や一時の激情だけではなく、洵が与えてくれたものに見合う、いやそれ以上の愛情と真心を捧《ささ》げたい。ぎりぎりまで追いつめられなければ決して見せない本音やもろさ、弱音を、自分にだけはさらして欲しい。身体だけではなく心も委ねて欲しいのに…。

それが伝わらないのがもどかしい。信じてもらえないことが悔しい。

けれど全ては自分の行いが招いたことだ。焦燥《しょうそう》を本人にぶつけるのは間違っている。

洵が耐えた十年と同じ時間をかける覚悟で臨《のぞ》むしかない。一粒ずつ落ちる水滴が、いつか岩を穿つように。愛という名の雫《しずく》で洵の心を覆う鎧《よろい》を溶かしてしまいたい。

『焦るな』

そう自分に言い聞かせながら、剛志は、耳に痛い先輩の忠告と親身なアドバイスに頭を下げた。


引越しは三月の最終週の土曜日に行われた。

福岡へ出向するとき必要最低限しか持たず、向こうでも極力増やさないようにしたため、洵の荷物はわずかだった。寝具と衣服類の箱がひとつ、書籍《しょせき》類がひとつ、その他の雑貨が箱ひとつ分。冷蔵庫や電子レンジといった電化製品は、剛志と洵のどちらか性能のいい方を残して、残りは友人に譲ったりリサイクルショップに売ったりした。

部屋は目黒《めぐろ》駅から少し離れた場所に建つ築《ちく》三十年のマンション。五階建て、三階の角部屋で2DK。築年数のわりに外観に荒《すさ》んだところはなく、内装もリフォームが施《ほどこ》され住みやすくなっているし、昨《さっ》今《こん》の世情を反映してか表玄関《エントランス》のセキュリティもしっかりしている。

都心から離れれば同じ賃料《ちんりょう》でもっと条件のいい物件が見つかる。けれど帰宅時間が不規則な剛志が、終電のなくなった深夜にタクシーを使うことを考えると、結局仕事場に近いところを選んだ方が経済的だという結論になったのだ。

部屋はほぼ正方形を四分割した形で、六畳が二間、八畳のリビングキッチン、そして残り四分の一に玄関とバス・トイレ・洗面所と若干《じゃっかん》の収納スペースがある。北東にある六畳間には東向きの窓がひとつ、南東の六畳には東と南それぞれに窓があり、東辺と南辺半分をL字型に囲う形でベランダがついている。成人した男ふたりが暮らすには多少手狭な感があるものの、とりあえずお互い貯金して、将来的にはもっと広い部屋なり家に引っ越そうということになった。

洵は窓がひとつの北東の部屋を自室に選ぼうとしたが、剛志が「俺はほとんど寝に帰るようなものだから」と言って日あたりのいい南東の部屋を譲ってくれた。

剛志は自分の部屋に、完璧《かんぺき》とはいかないまでも防音処理を施してもらっていた。深夜、そして昼間でも、ヘッドフォンを使わずにそれなりの音量で音楽を聴くためには、防音がどうしても必要になる。ヘッドフォンを常時使用したがらないのは、超高音や皮膚や骨伝導《こつでんどう》で感じる超低音が聞き取りにくくなるかららしい。

そんな剛志の引越し作業はほぼ全て業者まかせだった。運び込んだ荷物の大半は膨大《ぼうだい》な量のレコード、カセットテープ、CD、そしてそれらを再生する機器。特にLP盤やEP盤等といったレコードは、まさしく古今東西《ここんとうざい》からかき集めたという様相で、ジャズにロック、クラシックにゴスペル、雅楽《ががく》や謡曲《ようきょく》・琵琶《びわ》・三味線《しゃみせん》といった純邦楽《ほうがく》から、ポップス、演歌、各国の民族音楽にオペラ、中には『南極の風の音』といったものまで、とにかく幅広い。再生機器の中には蓄音機《ちくおんき》まであった。

午前中、二時間ほど作業を手伝った剛志は昼近くになると仕事に出かけてしまい、夜になってようやく帰ってきた。手にはワインと吟醸酒、それにスローフードをコンセプトにした店のデリカテッセン、パンにチーズといった食材を抱えて。

「ごめんな、片づけ全部まかせちまって」

開口一番にそう言って申し訳なさそうに詫びた。

「大丈夫、ほとんど業者のひとがやってくれたから。僕が福岡に引越したときより楽だった」

玄関に出迎えに出た洵がそう言って笑うと、剛志の肩からふっと力が抜けて、心底嬉しそうな笑顔が浮かぶ。そのまま上がり框《かまち》に荷物を置くと、自由になった両手で洵を抱き寄せた。

「…ただいま」

段差のせいで、目線はほとんど同じ。そして、「今晩は」でも「お邪魔します」でも「よお」でも

なく、家に帰り着いた者の言葉に、洵は照れくささと沁《し》み入るような幸福を感じながら、

「おかえり」

答えて軽く唇を重ね、それからぎゅっと剛志の身体を抱きしめた。

そうしてようやく、『ああ、自分たちは本当に一緒に暮らすんだ』と実感が湧いたのだった。

ラグとソファはふたりで選ぶことに決めたので、リビングのフローリングはまだ剝き出しのまま。威圧感のない折り畳み式のキッチンテーブルには、剛志が買ってきた蒸し鶏のマリネ、ホワイトソースのロールキャベツ、ベトナム風春巻、ローストビーフたっぷりのクラブサンドと、洵が作っておいた野菜スープが美味しそうな湯気を立てている。

夕飯は買って帰るから何も作らなくていいよと言われていたけれど、このところずっとハードワークと寝不足が続いている剛志には、胃にやさしく消化のいい食べ物が必要だと思ったのだ。

剛志は引越しの準備さえ前日の夜に始め、作業を業者に引き継いだあとは、ほぼ徹夜状態で仕事に行ったくらいだ。彼が選んで買ってきたメニューを見ると、だいたい本人の胃の状態がわかる。もちろん洵の好きなものもきちんとあるけれど。

案の定、剛志は自分が買ってきた総菜《そうざい》よりも洵の野菜スープを美味そうに食べ、ワインを一杯飲んだところで、眠そうに目を瞬《しばた》たかせ始めた。

「今日はもう休んだら？」

洵は立ち上がり、そのままテーブルに突っ伏して眠ってしまいそうな剛志の傍らに行くと、顔を覗き込みながらやさしく肩を叩いた。剛志は手にしたグラスを置き、洵の方へ身体を向けて、

「うーん…、えっちがしたい」

抱きつきながら正直すぎる希望を口にした。

「これからは、いつでもできるんだから」

思わず苦笑して、それでも込み上げる愛しさがつまった手のひらで恋人の頭を撫でる。背中を抱きしめていた剛志の両手がわき腹にまわり、それからコットンTシャツの裾と、その下のアンダーウエアをめくり上げて忍び込んできた。十本の指先に軽く肌を押された瞬間、下腹部に重い痛みにも似た快感が生まれる。

「…っ」

息をつめ、抱きしめた剛志の頭頂部に顔を埋めて、次の刺激に身構えた。けれどいつまでたっても剛志の指先はそれ以上動くことなく、しばらくすると胸のあたりから気持ちよさそうな寝息が聞こえてきた。

洵はゆっくり剛志の顔を仰向けて額にかかる髪をやさしく梳き上げ、そっと唇接《くちづ》けた。きっと、これもひとつの幸福の形なのだろうと思いながら。


『これからは、いつでもできる』

そうは言ったものの、同居を始めて一ヵ月も過ぎると、それがそれほど簡単ではないことに洵は気づいた。友人としてのつき合いだけの頃や遠距離恋愛中に理解していた剛志の忙しさと、同居を始めてから感じるそれは、また違うものがある。一緒に暮らしているからこそ、不在の多さが際立つ。

終電で帰ってこられるならまだいい。たいてい帰宅は深夜の二時や三時、ときには朝方ということもある。洵が朝起きると当然剛志は寝ていて、そして洵が会社に出かけたあとに目を覚ます。とにかく同じ部屋で暮らしていながら、顔を合わせて会話ができる時間はごくわずかなのだ。

では週末にまとめてスキンシップを…と思っても、剛志の仕事は週休二日には縁のないアーティストたちが相手なので、当然剛志自身もそれに合わせることになる。

ただし、労働時間の長さは強要されてというわけではなく、剛志自身が、体力があって無理の利くうちに多くの経験を積みたいと思っているからだ。その証拠《しょうこ》にたまに顔を合わせると、疲れていても、やり甲斐と手応えのある仕事をしている男の充実感をひしひしと感じる。

そうした日常が、洵の胸に埋もれた不安の種を揺り動かし始めるまで、長い時間はかからなかった。

剛志は、交際期間が短かいことはあっても浮気はしないし、二股もかけない。

友人だったときには毛ほども疑うことなく信じられたことが、不在の多さに比例して揺らいでいく。なくすものがない頃は恐れる必要もなかった。あふれるほどの愛情と幸福を与えられたとたん、疑心《ぎしん》暗鬼《あんき》が芽生《めば》えるなんて皮肉なものだと思う。恋人の不在をねらって顔を出そうとする不安をなだめ押し留《とど》めるため、今の洵にできることは、彼の負担にならないよう、そして一緒に暮らすこの部屋が少しでも居心地のいいものであるよう配慮することだけだった。

リビングに置くソファとラグを買いに出かけたのは五月に入ってからだった。その次にふたりで出かけることができたのは六月の下旬。

同居も三ヵ月目に入ると当初の緊張も和《やわ》らぎ、お互いの行動パターンや生活の癖も把握《はあく》して馴れが出てくる。違う環境で育った者同士が同じ空間で暮らすのだから、習慣の違いやちょっとしたことが気になる時期もある。洵と剛志の場合は、同居以前に友人としてのつき合いが長かったので、そのあたりの摩擦《まさつ》はあまりない。では新しい発見もないのかというと、そうでもない。

一緒に暮らして初めて知った剛志の特技にアイロンがけがある。

基本的に洗濯は各自ですることになっている。洵が夜洗濯機をまわし、朝乾燥機に突っ込んだ洗濯物が、帰宅すると折り目も美しくプレスされ、そのままセレクトショップの店頭に置いても通用しそうなほどピシリと畳まれていたことが何度もある。

「俺の服はアイロンがけなんて必要ないものが多いから自覚がなかったけど、音楽聴きながらやると、けっこういいストレス解消になるんだ」

洵が毎日着替えるワイシャツは格好の素材になってるよ。本人はそう言って笑う。

そんなふうにして、同居生活は穏やかに過ぎていった。

それでも夜、灯りの点っていない部屋に戻り、冷蔵庫の中に剛志のために作った料理が手つかずのまま残っているのを見ると、無性《むしょう》に寂しさを感じることはある。気に入らなかったから食べなかったのではなく、部屋に戻ってないのだ。メールを打っても、仕事中なら返事はすぐこない。

最初から独りだとわかっていれば平気なのに、其処此処《そここ》に好きなひとの気配が残る部屋で、その帰りを待つのは少し寂しい。少し辛い。

剛志が気に入ってる古いレコードをプレイヤーにセットして、ノイズまじりの温かな音に浸りながら、ふたりで選んだラグに身を横たえ、きれいに畳まれたシャツの縁を指でたどる。この生地に剛志の長く器用な指先が触れたと思うと切ない。

洵は床に積まれた一枚を持ち上げ、胸元に抱き込んで目を閉じた。

こんなときはしみじみと、剛志が過去につき合ってきた恋人たちがなぜ彼に不満を持ったり、求めるものがエスカレートして、結局別れることになったのか理解できる気がした。

みんなこんなふうに寂しかったのかもしれない。だから愛情を確かめたくてわがままを言ったり、もっと自分のために時間を割いてくれと要求したのだろう。

『仕事で忙しい』

それは充分理解している。

けれどその間に自分より魅力的な女性もしくは男性と出会い、惹かれないという保証はない。剛志が日々接するのは容姿が優れていたり才能があったり、魅力にあふれていたりする人々なのだ。

自分がもしも剛志の交際歴を知らず、彼が恋人と別れる原因を熟知《じゅくち》していなければ、かつての恋人たちと同じ過《あやま》ちを犯《おか》しただろう。

洵は目を開けて、光度を落とした照明に左手を翳してみた。平凡な手のひらを閉じて開いたあと、首に下げた鎖《くさり》から指輪を外して薬指に嵌めて、もう一度光に翳す。

友人だったときは耐えられた孤独が、恋人になったとたん不安と切なさに変わった。

『友達』なら、この先十年、二十年続いたかもしれない関係が、恋人になったとたん明日の保証もない不確かなものに変わる。

手に入らないとあきらめていたとき、愛はただ憧《あこが》れだった。

手に入った瞬間から、それは失うことを怖れて常に確認せずにはいられない、巨大な重荷にも似た、まるで拷問《ごうもん》のような一面を持つことになるなんて思いもしなかった。

遠ざかれば凍《こご》えてしまう。近づきすぎれば身を焼いて傷つく。恋を炎に喩《たと》えた詩人は偉大だ。

洵は溜息を吐き、翳した左手に右手を重ねて胸元に引き寄せた。

今、錆《さび》のように心を蝕《はば》みつつある不安から唯一自分を守ってくれるものは、この鈍《にぶ》い光を放つ小さな銀色のリングだけだった。

夜中の三時に仕事を終えて帰宅すると、キッチンのテーブルにメモが置かれていた。

剛志はそれを持ち上げて、角が少し丸味を帯びた文字を読み、指示に従って冷蔵庫を開けてみた。きれいに整理された冷蔵室には、サラダと肉をたっぷり入れたポトフが作り置きしてある。洵は剛志のために、一度冷めて暖め直しても美味い料理を選んで作っているようだ。

その心遣いが有り難い。代わりに剛志は出勤前に掃除と洗濯を、洵の分も一緒に片づけるようにしている。基本的に自分も洵もきれい好きであまり物を散らかさないし、洵は運び込んだ私物そのものが少なかったので、部屋を快適な状態に保つのは容易い。

剛志はポトフの入った小さな片手鍋をガスにかけてから、ふとキッチンを見まわし、それからリビングへと視線を移した。

やはり気のせいではなく、洵の荷物は少ない。そして増える気配がまるでない。福岡へ出向する前に住んでいた部屋には、もう少しいろいろな物があった。スキー板とウエア、ビデオカメラ、雑誌のバックナンバーと仕事関係の本、ＤＶＤやＣＤ等。それらを収納していた棚や箱の大半は、実家に預けてあるという。必要なものは送り返してもらえばいいと言っても、洵はあいまいにうなずくだけだ。ソファを買いに出かけたとき、通りがかりのペットショップに展示されていた熱帯魚の水槽《すいそう》を熱心に覗き込んでいたから、『小さい水槽で飼ってみる？』と勧めると、一瞬瞳を輝かせたあと、何かをあきらめた表情で首を横に振った。

あのときはそれ以上深く考えずに流してしまったが、今になると理由がわかる。

洵は荷物を増やしたくないのだ。なぜか？

自分と別れて、再びこの部屋から出ていくときに備えているからだろう。たぶん、おそらく。

増えない荷物。先輩である工東の言葉。そして不満ひとつこぼさず、どこまでも剛志の意に添おうとするいじらしさ。全ては洵の中にある不安を示している。

一度逃げられて用心深くなったせいか、そのくらいの心の動きは剛志にも察しがつくようになった。

ガスレンジの上でコトコトと小気味よい音が響き、鍋からいい匂いが漂い始めると、剛志は火を止めて深皿にポトフを移し、サラダと一緒に胃の腑《ふ》に納めた。

歯を磨いて自室へ戻る前に、そっと洵の部屋のドアを開けて忍び込む。わずかに開けたままのドアの隙間から、もれ入るリビングの明かりに目が慣れるまで戸口で少し時間をおき、足音を消してベッドに近づいてみる。

洵はぐっすり眠っていた。寝るときは適当にＴシャツやスウェットを着る剛志と違って、洵はきちんと上下揃いのパジャマを身に着ける。

来週はもう七月という時期。夜中の三時とはいえ、エアコンを消してしまうと少し蒸し暑い。シルクコットンのタオルケットを腹のあたりだけにかけて、横向きで少し身を丸めて眠っている洵に振動を与えないようベッドの端にそっと腰を下ろし、寝顔を覗き込む。そこに心配したような苦悩の色は窺えない。剛志はほっと息を吐き、しみじみと幸福を噛みしめた。

どれほど仕事が忙しくても、家に戻れば愛する者の健《すこ》やかな寝顔が見られる。それがどれほどの活力と充足感を生むか。洵と暮らすまでは知らなかった。そもそも、過去につき合った恋人たちの誰ひとりとして、一緒に暮らしたいとまで思った者はいなかった。それだけ洵は自分にとって特別な存在ということだ。十年間、傍にいながらそのことに気づかなかった自分にも呆れるが、気づかせなかった洵の忍耐力にも脱帽《だつぼう》する。

その十年間に洵の中で培われた、剛志の恋愛に対する姿勢への不信感は、一緒に暮らし始めたからといって一朝一夕《いっちょういっせき》に帳消しにしてもらえるものでもないだろう。

——洵が安心して心から俺を信じ、差し出す腕に身を委ねてくれるようになるまで、たぶん同じだけの時間をかける覚悟が必要だ。けれど十年は長い。ときどき、洵の肩を揺さぶり滅茶苦茶に抱いて、自分の中に渦巻《うずま》く焦れったさを残らずぶちまけたくなる。

胸の底でくすぶる炎に焙《あぶ》られたように、右手を伸ばして眠る頬に触れた瞬間、

「ん……ぅ……」

剛志が腰を下ろした側に寝返りを打った洵が、寝惚《ねぼ》け眼《まなこ》を擦りながら口を開いた。

「剛…志…？」

「ごめん」

起こすつもりじゃなかったと言いかけた言葉ごと、ふわりと持ち上がった両腕に抱き寄せられ、そのまま温かい胸に顔を埋めた。

「疲れた？　もう遅いよ、早く寝なきゃ…」

少し呂律《ろれつ》のまわらない小声とともに、洵の手のひらが後頭部から首筋のあたりを撫でまわす。

指先の動きはすぐに緩慢になり、ささやきの語尾は寝言のように不明瞭《ふめいりょう》に消え、洵は剛志の頭を抱き寄せたまま再び寝息を立て始めた。

剛志は改めて、今自分が手にしている幸運がどれほど得難く貴重であるかを思い知った。

――この幸せを手放したくない。絶対に。

そして洵にも、自分と同じように満ち足りた幸福を感じて欲しい。別れに怯《おび》えて萎縮《いしゅく》するのではなく。そのためにできることは何だろう。

まずはできる限り一緒に過ごす時間を増やしていこう。来週こそ週末に休みを取って、海に行くのもいいし、前から洵が行きたがっていたクラフト展に行くという手もある――。

剛志は考えながら、トクントクンと脈打つ静かな鼓動に誘《いざな》われて素直に目を閉じた。


「煌からライブのチケットが送られてきたんだけど観に行かないか？」

剛志がそう言い出したのは、七月に入って二度目の熱帯夜だった。そして三日後の木曜日。

定時に会社を出た洵は、駅前のコーヒーショップでベーグルサンドとアイスコーヒーを腹に入れてから電車に乗った。開演は七時からだからまだ余裕がある。腕時計から視線を上げると、混み合う車内の人いきれに溜息がもれた。

正直、剛志の誘いでなければ断っていた。従弟の煌とは去年のゴタゴタ以来連絡も取ってないけれど、あまり会いたいとは思わない。去年の春先、洵が十年の片想いに見切りをつけ、福岡へ逃げ出すきっかけになった剛志との交際は、狂言《きょうげん》だったと教えてもらった。けれど、猫のように気まぐれで捉えどころのない煌のことだ、またどんな騒動を持ち込まれるかわかったものではない。

チケットを自分にではなく剛志宛《あて》に送った意図も、勘《かん》ぐろうと思えばいくらでも……。

喉元に込み上げた醜《みにく》い感情を洵は小さく首を振ることで押し留めた。それからペンダントヘッドにしてある指輪を服の上から探り、ぎゅ…と握りしめた。

洵は重い足取りで駅の改札を抜け、ハチ公前で剛志と落ち合った。そのまま昼と夜の狭間で煌《きら》めくセンター街を突っ切ってライヴハウスへと向かう。

煌がヴォーカルとして活動しているのは、インディーズとしては異例のファン動員数を誇っている人気バンドだ。今回招待されたのは新しいアルバムのお披露目《ひろめ》ライブで、チケットは発売と同時にソールドアウト。関係者ですら入手が難しいらしい。会場に近づくとすでに開場時間は過ぎているというのに、百人近い男女が入り口付近にあふれ出ていた。

「チケットがなくて入れない連中だ」

前売チケットを入手し損ねたファンが当日券を求めて、あるいは譲ってくれるひとが見つかる万にひとつの可能性に賭《か》けて待機しているのだと説明しながら、慣れた様子の剛志の手が背中に添えられる。そのまま守られるように寄り添い並んで、たむろするファンの集団を避けて入り口に近づくと、

「あの…！　チケット余っていませんかッ？」

必死な形相《ぎょうそう》の女の子に声をかけられ立ち止まりかけた洵の前に、剛志がさりげなく割り込み無言で首を横に振る。洵が小さく「ごめんね」とつぶやくと、熱心なファンなのだろう、女の子は今にも泣き出しそうな顔で離れていった。

義務感だけで参加しようとしている自分を少し後ろめたく感じながら、ドアをくぐって係員にチケットを渡す。半券と一緒にドリンク用のコインを受け取り階段を下りると、半分地下になっているフロアは空調が効いているはずなのに、限界までつめ込まれたらしい観客の熱気で息苦しいほどだった。

フロアの側面に設置されているバーカウンターで飲み物を受け取り、後ろの壁際に移動する。

バンドカラーに合わせてファンの服装も黒系が多い。照明の絞られたフロアで、洵のグレイベージュのスーツは目立っていた。そのせいか、ふたりとすれ違った人々は思わず振り返り、友達同士で何やらささやき合っている。

「関係者かな」

「レコード会社のスカウトマンじゃね？」

もれ聞こえた会話に、洵は肩をすくめた。あながち間違いではない。自分はともかく、黒のレザーパンツにオフメタルカラーのTシャツという姿がとてつもなく様になっている剛志は、名前を聞けば

誰でも知っている有名なレコード会社に勤務している。服装は客層に溶け込んではいるものの、堂々とした体軀《たいく》と立ち居振る舞いの相乗効果で、関係者特有の雰囲気を放っているのだろう。

「ふう…」

紙コップに注がれたハーパーの水割りをひと口含んでネクタイをゆるめる。

少し暑いと感じた瞬間、剛志がさりげなくコップを取り上げ、視線と手の動きで『上着を脱いだら』と勧めてくれた。うなずいて上着を脱ぎ、コップを返してもらったところで、照明が落ちてSEのボリュームがグワンと盛り上がり、ファンが放つ悲鳴のような歓声とともにホールを満たした。

ギターが奏《かな》でる流麗《りゅうれい》な主旋律《メロディライン》に、腹底に響くドラムスとベースがリズムを刻み、耳に残る印象的なイントロに、さらに鮮烈な歌声が重なる。Aメロが終わると同時に一瞬の溜《た》め。続いて地を穿ち走り出すように激しく変調したビートに乗って、聴く者の心を根こそぎ奪い去る美声が響き渡った。

女性も羨《うらや》むような細い腰に長い脚で、眩《まばゆ》いライトを浴びたステージの中央に躍《おど》り出た煌が、細胞が震えるほど大音量の演奏を易々《やすやす》と従えて、愛の詩を朗々《ろうろう》と歌い上げる。

骨太なリズムベースと重厚なギターサウンドにシンセサイザーの繊細な音が溶け込み、煌が歌う主旋律が華麗に、奔放《ほんぽう》に、ときに優美に絡み合う。

演奏には技術に裏打ちされた遊び心が散りばめられ、旋律は美しく、歌詞はメロウで、ときに鋭利。どの曲にも必ず印象に残るフレーズがある。そして煌の声はまるで嵐のように聴く者の魂《たましい》を揺さぶり、どこか別次元に誘うような磁力《じりょく》を持っていた。

「凄《すご》い…」

思わずこぼれた素直な感想は自分の耳にすら届かなかったけれど、洵は少しだけ煌を見直した。

いや、かなり見直したと言っていい。外見の美しさだけではなく、これだけの才能があれば、わがままや気まぐれといった傍迷惑《はためいわく》な性格が、許されてしまうのもうなずける。

疾走感のあるナンバーが二曲終わったところで、マイクを手にした煌が、客に向かって『楽しんでるか？』と煽りを入れる。ファンの答えは物理的な風圧となって洵の鼓膜《こまく》を刺激するほど大きかった。反応のよさに煌が破顔《はがん》すると、黄色い悲鳴と野太い歓声が同時に上がる。

煌の表情には、自分の美貌と笑顔の威力を充分知り尽くしている者特有の傲慢《ごうまん》さと、褒《ほ》められた子どものような純粋さが同居している。それが喩えようもない魅力となって他人を惹きつけるのだ。

三曲目は新曲だというミディアムテンポのバラード。さらに定番と新曲、ときどき軽妙なＭＣを織り交ぜながらライブは怒濤《どとう》の勢いで進んでいく。

煌が歌う歌詞はどれも、何かに焦がれる者の歌だった。愛を乞《こ》い、夢を追い、希望にすがりつく。手には入らないとわかっていても求めずにはいられない、それでも信じて生きていく。そんな意味の言葉が、ときには直接的に、ときには一見関係のない比喩《ひゆ》を用いて散りばめられている。

終盤に差しかかった頃、「次は新曲です」とひと言挟んで始まったイントロに、客の反応が明らかに変わった。初めて聞いたにもかかわらず、洵ですら口ずさみたくなるようなメロディラインに、少しハスキーで艶《つや》のある煌の声が重なる。

隣で剛志が身を乗り出す気配がした。洵よりも身体半分前に出たのは無意識だろう。洵が思わずその横顔を見つめても、視線は真っ直ぐステージ上に向けられたままだ。

――煌を見ている。熱心に、一心不乱に。今この瞬間、剛志の意識から自分は消えている。

そう察した瞬間、自分でも驚くほど動揺した。置き去りにされ見捨てられたような強い感覚に襲われて、思わず涙腺《るいせん》がゆるみかける。ちょうど煌が『どれほど想っても、あんたは気づかない』と切なく歌い上げたその曲調に引きずられ、とっさに彼のTシャツの袖をつかんでしまった。

身体には触れない、生地《きじ》だけつかんだその接触に剛志は気づいてくれた。『どうしたんだ？』という顔で洵を振り返り、笑顔を浮かべる。その瞬間。

暗かったスタンディングフロアに照明があてられ、シルエットだけだった互いの姿がくっきりと浮かび上がる。ファンは一斉《いっせい》に、自分の姿を少しでもバンドメンバーに見てもらおうと腕を振り上げた。煌はそれに『よく見えるよ』というジェスチャーで応えた。演出にしては少し長いなと感じ始めた頃フロアは再び薄闇に沈み、ステージだけが眩く輝いた。

曲が終わり余韻《よいん》が引くと、息を整えた煌が口を開く。

「実は今夜、ずっとずっと好きだったひとを招待したんで、そのひとが来てるか確認したくてフロアにライトあててもらったんだけど」

不穏な単語にフロアから「嫌ー！」という女の子のつんざくような悲鳴が爆発する。同時に招待されたという人物を探すようなざわめきが充満した。

「大丈夫だよ、心配するなって。俺、振られたんだよ」

冗談めかして煌がそう言うと、ようやく悲鳴が止んで代わりに同情の溜息が生まれる。

「俺に望みはないってことが、はっきりしただけだから」

しんみりつぶやいて泣き真似をしてみせたとたん、『可哀相《かわいそう》』『元気出せー』といった声援が上がる。どこまで本気でどこまでが冗談なのかわからない煌のMCが終わると、バンドと観客は再びラストに向けて走り始め、どう考えても当事者である洵の方は、誰かに気づかれやしないかとハラハラしながら、辛《かろ》うじて表情を変えずに立ち続けた。

煌がずっと好きだったという人物は、間違いなく剛志だろう。

まさかこんな場所で告白するほど本気だとは思わなかった。ライブ中、しかも洵がいることを確認した上でなされた告白の意味を考える。

牽制《けんせい》だろうか。それとも挑戦だろうか。『振られた。望みがない』という言葉を素直に信じるには、子どもの頃から間近で見てきた煌の言動と、それによって培われてしまった劣等感が邪魔をする。目の前でこれほど魅力的な姿を見せつけられればなおさら。

——それでも、奪われたくない。

最初から望みはないとあきらめていた以前ならともかく、想いが通じた今になってもう一度失うのは辛すぎる。次々と恋愛対象を変えられる煌と違って、自分には剛志しかいないのだ。高校時代、そして狂言だったという一年半前に続いて三度《みたび》、煌に奪われたら、今度こそ正気でいられるか自信がない。剛志はさっきの告白をどう受け取っただろう。ほだされたりしないだろうか。

表情を確認したいのに怖くてできない。歌う煌の姿を熱心に見つめていた瞳の色を思い出すと、足下から不安が込み上げる。

好きだと言い、好きだと言われて身体を重ね、一緒に暮らしていてもなお、己が立っている場所の心許なさに洵は泣きたい思いで唇を噛みしめ、首にかけたリングを握りしめた。

「煌に会ってく？」

アンコールに二回応えてバンドメンバーがステージから消えると、夢から醒めたようにフロアが明るくなる。剛志は興奮冷めやらぬ様子のファンを避けるため、壁際で人波が引くのを待って出口に向かいながら、他人に聞かれないよう洵の耳元でささやいた。

「バックステージパスもらっているから楽屋に行ける」

言い終わる前に剛志の心は今夜の素晴らしいステージをねぎらいたくて、すでに煌のもとへ向かっている。浮き立つような足取りに、それがはっきり表れていた。

「え…」

洵はとっさに取り繕《つくろ》うことができず、表情と声に『会いたくない』という本音を出してしまった。直後に剛志に振り向かれて、あわてて笑顔を浮かべる。

「いいよ。行こう」

うなずいて洵が歩き出すと、逆に剛志は立ち止まりバツが悪そうに口元を手のひらで覆った。

「剛志？」

「あ、いや。…そうか、ごめん」

失敗を悔《く》いるように視線を逸らし謝罪の言葉を口籠ってから、ガラリと口調を変え、あっさりと楽屋行きを取り止める。

「やっぱりこのまま帰ろう。飯でも食って部屋でゆっくりした方がいい」

煌に会うつもりなんか最初からなかったんだ。そう言い出しかねない剛志の態度に洵は自分への気遣いを感じ、却って罪悪感を覚えてしまう。

「違う、剛志。驚いただけなんだ。だから楽屋へ行こう」

「いや…俺は、でも」

お互いに何か噛み合わないものを感じながら必死に合意点を探り合った末、ようやく剛志を楽屋へ向かわせることができた。剛志が会いたがっているのに、自分のわがままでそれを止めてはいけない。

洵は本気でそう思っていた。

それに煌と顔を合わせるのは気まずいけれど、剛志と煌がふたりだけで——まわりに他人がいようがいまいが——会うのはもっと嫌だ。今夜みたいに魅力的なステージを見せられたあとではなおさら。

ゆるめた襟元を直そうとして喉元に手をやり、リングを通したネックレスチェーンを指先で少しつまみ上げた。

——煌に会うなら、指輪を嵌めようか…。

剛志の指にあるものと揃いのリングを見れば、煌のように目敏い人間でなくとも一発で意味を察するだろう。互いを繋ぐ絆《きずな》。了承した上での所有の証。それらを見せつけたい衝動に駆られた直後、洵は我に返った。

煌が望んでも得られない愛情を自分は手に入れたのだと、見せつけることがどれほど残酷か。幼い頃の過ちを再び犯しかけたことに気づいて、己の業《ごう》の深さと醜さに自己嫌悪が深まる。

自分の不安を解消するために、他者を傷つけていいはずがない。たとえ相手が煌でも。

「…ごめんな」

突然剛志の声が落ちてきて、顔を上げた。心配そうな顔は、煌に会うことを望んでいなかった洵を、自分の都合で連れまわすことを詫びているように見えた。


楽屋はすでに満杯状態だった。

煙草の煙を嫌う煌の要望で楽屋周辺は禁煙になっているため、空気はそれほど澱んではいないが、ライヴの成功を祝う人々とそれに応えるバンドメンバーのやり取りで、通路まで熱気があふれている。

スタッフに呼び止められる前に、あらかじめ煌から送られてきたバックステージパスを洵と自分の首に下げ、剛志は楽屋に顔を出した。

部屋は二十畳程の広さで、片側に置かれた十人掛けのテーブルにはアレンジメントフラワーと缶ビールとオードブルが置かれている。バラバラに腰掛けたメンバーの周囲にはそれぞれひとの輪ができている。ドラムスとベースが雑誌の取材を受けている隣で、ギター担当のリーダーがスーツ姿の数人の男から名刺を受け取り、もうひとりのギタリストも挨拶にきたらしい友人の対応をしていた。煌の姿は、中でも一番大きなひとの輪に隠れて見えない。

「城戸さん？」「城戸じゃないか」

顔見知りがパラパラとふり返る中、ひときわ大きく陽気な声で「ゴウ！」と呼ばれて視線を向けると、金まじりの栗毛《くりげ》に同じ色の口ひげを蓄えた大柄な男が、にこにこしながら近づいてきた。

「ミスター・ラドウェル。I haven't seen you for a long time.」

ラドウェルは世界規模のメガヒットを生み出している有名プロデューサーだが、剛志は三年前ロスのスタジオを訪れたとき、幸運にも話す機会に恵まれた。

彼が自分を覚えていてくれたことに驚きつつ、がっちりと握手を交わし再会を喜び合う姿を、洵は落ち着いた様子で見守りながら、邪魔にならないよう壁際に下がった。こうした場面で見せる、洵の振る舞いのさりげない的確さに、剛志はいつも感心してしまう。

『やあ、ゴウ。約束もしていないのにこんなところで逢えるなんて。やはり我々は特別な絆で結ばれているようだね。ここに姿を現したということは、君もこのバンドに興味を持っているということかな？　おや、一緒に入ってきたそこの木蓮《もくれん》の花のような御仁《ごじん》は君の友人かい？』

相変わらずパワフルな調子で矢継ぎ早に投げかけられる質問に、

『光栄です。ヴォーカルの煌とは友人で、木蓮の彼は俺の最も大切なひとです』

よほどヒアリング能力が高くなければ聞き取れない早口で応えると、ラドウェルは大げさに驚いてみせたあと、屈託のない笑顔で『ぜひ紹介してくれ』と剛志の肩を叩いた。

内心「まずいな、そういやこのおっさんバイだっけ」と、相手の肩書きを単なるライバルに格下げしながら剛志は身構える。万が一にも洵がなびくとは思わないが、相手は海千山千の大富豪《だいふごう》だ。下手にもったいつけてよけいに興味を持たれても馬鹿らしい。手早く済ませてしまおう。

今夜の主役であるバンドメンバーの手前、大っぴらに騒ぎはしないものの、部屋にいる大半の人間も世界的に有名なプロデューサーと剛志のやり取りに聞き耳を立て意識を向けている。

煌を取り巻いているひとの輪がまだまだ解けそうにないことを素早く確認すると、剛志はしかたないとあきらめて洵を呼んだ。

「洵」

同時に周囲の視線がラドウェルから洵に移る。それに気づかないはずはないのに、気後《きおく》れする様子もなく穏やかに近づいてきた洵の肩を抱き寄せ、ラドウェルを紹介する。

「三年前、ロスでいろいろお世話になったミスター・ラドウェル。仕事は凄いものを創り出すけど、プライベートでは単なる変わり者だから」

『初めまして。貴方《あなた》がプロデュースしたロータスレインとＬＫＰのアルバムは、僕も大好きです』

もったいないからそんなに可愛い笑顔を向けなくてもいいと、思わず苦虫《にがむし》を噛み潰したくなるそつのなさで洵が手を差し出した瞬間、

「洵ちゃん！　来てくれたんだね、ありがとー！　嬉しいよー‼」

ラドウェルを押し退《の》けた煌が両手を広げて洵に抱きついた。

無邪気さを装ってはいるが、もちろん押し退けた相手が誰なのかわかってやっているのだろう。思わぬ成りゆきに呆然とするラドウェルと周囲の目を気にもせず、煌はそのままぐいぐいと洵を押して、ラドウェルから遠ざけると、

「ライブ観てくれた？　洵ちゃん住所教えてくれないから剛志にチケット送ったんだけど、来てもらえるかずっと心配だったんだ。俺の歌どうだった？　ラストの方で演奏《や》った新曲、洵ちゃんを想って

作ったんだけど気に入ってくれた？」

「煌、落ち着いて」

「落ち着け、煌」

予想以上のハイテンションさにかすかな違和感を覚えつつ、剛志は戸惑っている洵から煌を引き剝がした。不満そうな煌の視線がちくりと突き刺さる。

前からそうじゃないかとは思っていたが、やはり心配した通り。煌の本命はたぶん洵だろう。

当の洵を見やると、どうにも居心地の悪そうな顔をしている。それはそうだろう。煌の愛情表現は複雑に屈折しすぎて洵には届いていなかった。それればかりか、昔から苦手だったと言われる始末。

高校からのつき合いである自分よりも、さらに十年も前から兄弟同様に育ったふたりの間に培われた関係は、洵から多少事情を聞いているとはいえ、全てを了解できる類《たぐい》のものではない。

わかっているのは、煌が洵に深く依存していたことと、洵は煌に負い目を持っていること。

他人同士であれば放置しても構わないが、このふたりに関しては下手に近づけるとやばい気配がする。単なる予感にすぎない。しかし、一年足らずとはいえ過去に煌とつき合ったことがある剛志だからこそわかるのだ。

煌のように貪欲に相手の愛情を欲するタイプと、洵のように求められるまま全てを与えようとするタイプは、一見うまくいきそうに見えるものの、現実には与える側の負担が多すぎる。実際、十三年に及ぶ愛情の搾取《さくしゅ》に疲弊《ひへい》しきった洵は、高校卒業を機に煌から離れている。

煌の方でもその辺の事情は充分承知しているはずだと思うのに、この期に及んでなぜ洵へのアプローチを再開したのか。

「あれ？　剛志、なにその思いっきり本気っぽい指輪は…」

煌の視線が剛志の指に嵌められた指輪を目敏く見つけて覗き込む。次の瞬間には素早く洵の手元へと滑り、洵の指には何も嵌っていないことを確認するとにんまり笑った。

「…へーえぇ」

何を言いたいのか察しがついて、カチンときた。煌がそれ以上口を開く前に、剛志は洵の襟元に指先を突っ込んで、体温と同じ温もりを宿す鎖を引き上げて見せた。鎖の先で、自分が嵌めているものと同じデザインのサイズ違いがゆらりと揺れている。

「残念だったな。洵にもちゃんと贈って、こうして身に着けてもらってるんだ」

「…剛志！」

驚いたのは洵だ。突然のやり取りに焦りながら周囲を見まわしている。

幸《さいわ》い会話は聞き取られてはいないようだったが、部屋にいる何割かの人間は興味津々《しんしん》、残りの何割かもさりげなくといったふうに三人に注目していた。

焦る洵を尻目に煌はふっ…と懐かしそうな笑みを浮かべ、自分の左手を翳してみせた。

「剛志って、この手のプレゼントが好きだよね」

煌の中指で鈍い輝きを放っているのは、羽根と髑髏《どくろ》をモチーフにしたシルバーリング。モチーフの派手さに反してしっとり指に馴染んで見えるのは、もちろん似合っているということもあるが、銀製品につきもののメンテナンスを厭《いと》うことなく、丁寧《ていねい》に使い込んでいるからだろう。

見覚えのあるデザインに記憶を刺激されて、剛志の口から思わず驚きがこぼれた。

「おまえ…、そんなのまだ持ってたのか？」

「そんなのって、ひどいなぁ。これもらった時、俺すごく感動したのに」

——ああ、そういえばそうだった。

剛志が高校二年、煌が一年のときだから、もう十年以上前になる。確かつき合い初めて一、二ヵ月経った頃だ。誕生日に何かプレゼントしたいと考えていた矢先、煌が欲しがっている物を偶然知ることができた。ねだられたわけでも態度で示されたわけでもなかったが、たぶんこれだろうとあたりをつけてあまり深く考えずに贈ったそれを、煌は予想以上に喜んでくれた。

喜ばれてしまった…と言った方が正しい。

迂闊《うかつ》な話ではあったが、剛志はそのとき初めて『指輪』というアイテムは軽い気持ちで贈るものではないことに気づいたのだ。

当時、その指輪を贈ったことがきっかけで、煌から求められる愛情は底なしレベルになった。日に日にエスカレートしていく煌のわがままと要求が、高校生だった剛志に応えられる範囲を超えたとき、耐えきれず別れを切り出したのだ。交際末期の泥沼状態を思い出した剛志は、思わず眉をひそめた。

「軽い気持ちで贈った物なのに、それをおまえがまだ持ってたってことが驚きだ」

剛志の顔と自分の指に嵌った指輪を交互に見た煌は、軽い溜息とともに自嘲気味につぶやいた。

「——…ヒトは去るけど、モノと思い出は残るからね」

「煌…」

思わず名を呼んで肩に手を置こうとした剛志の背後に向かって、煌が突然声をかけた。

「あれ、洵ちゃんどうしたの。具合でも悪くなった？」

心配そうなその言葉に驚いて振り向くと、確かに洵が青白い顔でうつむいていた。

「洵？」

どうしたんだと伸ばした手を避けるように、小さく首を振りながら洵が一歩後退る。

「なんでもない。ちょっと、空気に酔ったみたいで…」

確かに禁煙とはいえ、人いきれと酒とつまみの匂いが充満した部屋は空気が澱んで少し暑苦しい。けれど洵の様子が変わったのはそのせいだけではないはず。タイミング的に、煌と自分の会話の何かが気に障《さわ》ったのだ。どれだ、何に引っかかった？

過去に煌とつき合っていたという事実か、それとも奴に指輪を贈ったことか。それとも、まさかラドウェルとの仲を疑って、なんてことはありえない…よな。

こんなとき洵の忍耐強さは却って仇《あだ》になる。貝ががっちり殻を閉じてしまうように、本音を隠して何でもないふりをされるともう手も足も出ない。福岡へ逃げ出したときもそうだった。にっこり微笑んで、いつもと変わらないふりをして、むしろ怖いくらいのやさしさを見せながら、あっさり俺の前から姿を消した。黙って、ひと言も残さず。洵にはそういう情《じょう》が強《こわ》いところがある。

だから早く何に動揺したのか突き止めて、きちんと対処しなければ。

うつむいて壁に寄りかかろうとした洵の肩に手をかけ、名を呼んで引き寄せようとした瞬間、剛志だけでなく、そこにいたほとんどの人間の注意が戸口に現れた新たな人物によって奪われてしまった。

黒ヌバックのパンツ、銀ラメの入った黒Tシャツに生成色の麻《あさ》ジャケットを羽織り、サングラスをかけた姿は、どこからどう見ても堅気《かたぎ》の職業には見えない剣呑《けんのん》さが練《ね》り込まれている。

剛志の記憶に間違いなければ、彼は癖のあるアーティストを発掘してはオリコン上位に押し上げることで有名なプロデューサーで、確か名前は甲斐《かい》といったはずだ。これとねらいを定めた新人や、見込みのある新人未満のアマチュア原石を見つけると、強引な手を使ってでも手中に納めようとする姿勢が同業者から煙《けむ》たがられ、同時にヒットを飛ばす卓越《たくえつ》した手腕《しゅわん》は羨望《せんぼう》の的でもあった。

「一ノ瀬《いちのせ》」

どこか尊大な色を含んだかすれ声が、男の口から漏れる。

呼び慣れた口調で姓を呼び捨てにされたとたん、煌は甲斐をにらみつけた。虚勢と意地がせめぎ合う獰猛《どうもう》さで武装した姿は、毛を逆立てて天敵に立ち向かう猫のようだ。

「何しにきたんだよ。あんたと話すことなんか、もうないって言っただろ！」

部屋にいる大半の人間の意識が、いきり立つ煌とドアをくぐって近づいてくる男へ逸れた隙に、洵は彼と入れ替わるようにするりと部屋から出ていった。

「あ…おい、洵…！」

剛志はあわててあとを追った。狭い通路を十メートルほど進んだところで追いつく。わきに機材搬《はん》入《にゅう》用のエレベーターがある場所で、どうしたんだと肩に手をかけようとした瞬間、突然楽屋の方からガラスの砕ける音と小さな悲鳴、そして何かを制止する声と足音が追いかけてきた。

振り返ると煌が楽屋を飛び出したところだった。その後ろから例の敏腕プロデューサーがゆったりした歩調で追いかけてくる。煌は男から逃げるように、驚いて立ち止まった剛志を避けてすぐ後ろの洵にしがみついた。剛志はしかたなく数歩戻り、煌を追いかけてきた男の前をさりげなく立ちふさいでから、ちらりと背後の従兄弟同士に視線を向け、改めて甲斐に向かって首を傾げてみせる。

——今日のところは引いた方がいいんじゃないですか。

剛志の視線と仕草の意味を男は正確に読み取ったらしい。甲斐は無言で肩をすくめると、わきにあったエレベーターのボタンを押した。昇降機の扉はすぐに開いて男を呑み込み、地上に向かって去っていった。

「煌、もう大丈夫だよ。あのひとはいなくなったから」

洵は通路の突きあたりに置かれた背なしソファに腰かけて、隣に踞《うずくま》る煌の背中を撫でながらやさしく声をかけていた。会いたくない、苦手だと言いながら、それでもいざとなれば放ってはおけないのだろう。洵にはそういう懐深いやさしさがある。尤《もっと》も、そんなふうに洵が心配するのも無理はない。明らかに煌の様子はおかしい。

剛志の知る限り、どんな時でもどんな状況に追い込まれても、決してなくすことのなかった余裕のようなものが、今はかけらも見あたらない。

洵も当然それに気づいたのだろう。わきに抱えていた上着の内ポケットから手帳を取り出し、携帯番号を記した。さらに何かを書き足そうとしてペン先を迷わせていると、煌を追いかけてきたバンドリーダーが気遣わしげに近づいてくる。

「煌…、どうしたんだ？　みんな驚いてるぞ。戻ってきちんと詫びなきゃダメだ」

静かに言い諭《さと》されて、煌は素直にうなずいて立ち上がり、小声で洵に『ごめんね』と言い残すと、リーダーに肩を抱かれて楽屋へ戻り始めた。

洵がわずかに困惑した顔でこちらを見上げる。剛志がうなずいてみせると、さらに少しだけ迷う素振りをしてから、意を決したように自分たちが暮らしている部屋の住所を書き記《しる》した。

「煌、これを」

怪訝《けげん》そうに振り向いた煌の手の中に、メモ用紙を押し込む。

「ひとりでどうにもなくなったら、ここに連絡して」

抑揚《よくよう》のない声とともに渡された小さなメモ用紙に視線を落とした煌は、一瞬息をつめたあと、子どものようにコクリとうなずいた。打ち上げに参加しませんかというリーダーの誘いを断った剛志と洵は、楽屋へ戻るふたりの背中を見送ってライブハウスをあとにした。

来客を告げるチャイムの音に、洵は刻みかけていた玉葱《たまねぎ》から視線を外して顔を上げた。包丁を置いて手を洗い玄関へ向かう。モニター付のインターフォンを起動すると、小さな画面でもはっきりわかるほど整った顔と、華奢《きゃしゃ》な身体つきの青年が浮かび上がった。

どなたですか、何の用ですかと問うと相手は小さく「えっ」と叫び、それから戸惑った声で「ここは城戸剛志さんのお宅じゃないんですか」と尋ねた。

「そうですが…、剛志の友人ですか？」

「…はい。紫藤といいます。城戸さんはいますか？」

礼儀正しく目的を述べた青年の名前に聞き覚えはなかったけれど、顔は見覚えがある。ただし知り合いではない。誰だっけと首を傾げながらドアを開けた瞬間、

「ああ…」

実物を見て思い出す。剛志の部屋にあるCDジャケットに写っていた顔だ。二カ月ほど前に、剛志がレコーディングを手がけたビジュアル系ロックグループのヴォーカルで、歳は確か二十《はたち》か二十一。

相手の素性《すじょう》がはっきりしたのでチェーンを外し、さほど広くない玄関に招き入れドアを閉めた。

紫藤と名乗った青年は洵の顔、そして両手を素早く凝視《ぎょうし》すると、ほっとしたように肩の力を抜いた。

それから思いつめた様子で、改めて剛志の在宅を確認する。その声と表情。そして洵の顔を探るように見つめる瞳の複雑なゆらめき。それだけでピンときた。

たぶん同類だ。同性への秘めた片想いの匂いがする。

「剛志…、城戸が帰ってくるのは朝方になると思いますよ」

同情よりも牽制の方が色濃く滲み出た声で答えると、紫藤は落胆の溜息を吐いて項垂《うなだ》れた。その姿がどれほど哀れに見えても、『上がって待てばいい』とは言ってやれない。

しばらく無言で立ち尽くしたあと、紫藤はベルトに吊《つる》したウォレットから銀色の携帯を取り出した。

「これを、城戸さんに渡してもらえますか？」

差し出された最新モデルは剛志の物ではない。では誰のか。もちろん紫藤の物に違いない。玄関に招き入れられてすぐに、洵の手元に視線を走らせ指輪の有無を確認した彼は、洵のことを単なる友人

だと判断したようだ。

柴藤が差し出す通信機器を受け取る義務など洵にはない。むしろ、ひとの恋人に手を出すなと、詰《なじ》って追い返しても誰にも責められはしないだろう。けれど万が一、洵の推測が見当外れだった場合のことを考えると、無下《むげ》に扱うわけにもいかない。剛志の仕事や評判にかかわる。

指輪を嵌めていればよかった。いや、自宅に押しかけるほど思いつめている相手には、どうせ牽制にもならない。剛志にとって指輪は、軽い気持ちで贈るアイテムにすぎないのだから。

二週間前、ライブ後の楽屋で煌に零《こぼ》した剛志の言葉は、洵の心をひどく傷つけた。――正確には、勝手に傷ついた、というのが正しい。

『そんなのまだ持ってたのか』

いつまで好きでいてもらえるだろうと、移ろう剛志の気持ちに怯える洵が心の拠《よ》りどころにしていた指輪は、別れてしまえばその程度の扱いになる物だった。

――剛志の言葉を聞いた瞬間、僕は自分がどれほど思い上がっていたのか気づいた。

そんなふうに思っちゃいけない。勘違いしたらダメだ。そう戒《いまし》めていたつもりだったのに、いつの間にか自分だけは特別だと思い込んでいた。

指輪を贈られたのは自分だけじゃなかった。一緒に暮らそうと言われたのだって、僕だけじゃないかもしれない。十年間、友人として傍にいたからといって、剛志の全てを知っているわけでもない。

自分の立場が危《あや》ういものだという自覚はあった。崖縁《がけぶち》に爪先立ちしているようなものだと…。

それでもこれまでは指輪が安全柵《さく》となって、ささいな不安に揺れる気持ちを支えてくれていたのに、両手でしっかりすがりついていたその柵が幻《まぼろし》だったと気づいた今、いったい何を頼ればいいのだろう。

洵は泣きたい気持ちで胸元を押さえ、あの日以来、指には嵌めなくなった指輪を無意識に探りあてると、強く握りしめた。ペンダントにして身には着けているけれど、剛志の前ではしない。できない。理由は自分でもうまく説明できない。たぶん悲しいからだと思う。

一度剛志に『どうして指に嵌めないんだ？』と訊かれたことがあった。会社で噂されるのが恥ずかしくて、それになくすのが怖いからと答えた。どちらも嘘ではない。

剛志は半分納得しつつ、半分は何か言いたそうにしていたけれど、結局口をつぐんで引き下がった。どのみち何を言われようと本当の理由を言うつもりなどなかった。よけい惨めになるだけだから。

「あの…？」

差し出された携帯をにらみつけて黙り込んでしまった洵に、紫藤が怪訝そうに首を傾げた。

洵は寂しい記憶から、さらに悲しい現実に引き戻されて溜息をついた。

剛志の友人だという人物に預かってくれと言われたら、勝手な憶測《おくそく》で断ることはできない。

渋々差し出した手のひらに、そっと置かれた携帯には、たぶん彼の電話番号だけが登録されているはずだ。洵の葛藤《かっとう》などお構いなしに、紫藤は「よろしくお願いします」と丁寧なお辞儀を残して帰っていった。

――断ればよかった。本人に直接渡してくれと言えばよかった。

台所兼居間に戻ってソファにへたり込み、洵は頭を抱えた。

受け取ってしまったからには剛志に渡さなければならない。その結果、剛志が彼を意識し始めたり好きになったりしたら、自分は世界一の大馬鹿者になる。

手の中で鈍い光沢《こうたく》を放つ携帯から目を逸らし、ソファのわきに置かれたダストボックスを見つめた。もう一度携帯をにらみつける。今ならまだ、全てをなかったことにできる。こんなものは処分して、紫藤の訪問も黙っていればいい。

「……駄目だ」

いくら待っても連絡がこなければ、いずれ紫藤が直接剛志に問い質す。そうして洵が預かり物を渡さなかったことや、訪問を黙っていたことなどがばれてしまう。紫藤の口からそれを知った剛志はどう思うか。――当然、洵が嫉妬して捨てたと気づく。そして、そして…。

「…嫌われる」

たぶん、ではなく確実に。

それが単なる思い込みではなく事実であることを、悲しいことに洵は誰よりも思い知っていた。

以前、剛志は同じような理由で恋人と別れたことがある。相手は若くて可愛いやきもち焼きの女の子で、確か洵が誕生日にプレゼントしたキーホルダーを浮気相手からだと誤解して捨ててしまった。剛志は猛烈に腹を立て、すぐさまその子と別れたけれど、そのあともしばらく洵に会うたびプレゼントを捨てられたことを詫びては、『嫉妬深い奴はもうこりごりだ』とぼやいていた。

本人があまり嫉妬深い性質《たち》ではないから、よけいそうした行動が許せないのだろう。

――僕には、あの女の子の気持ちがわかる。だからキーホルダーを捨てられたと知ったときも、怒りよりも奇妙な同情を感じた。

洵は大きな溜息を吐くと、書店でもらったビニール袋に小さなメモと一緒に預かり物を入れ、剛志の部屋のドアノブにかけた。こうしておけば、最近仕事が立て込んでいるせいですれ違いが多い剛志にも、きちんと用件は伝わるだろう。

打ち上げの誘いを断ってスタジオを出た剛志は、腕の時計をちらりと確認した。まだ八時前。久しぶりに洵の顔を見て夕飯が食えるかもしれない。ウエストバッグから携帯を取り出して電源を入れ、今から帰るとメールを送り、バッグに戻そうとして、もうひとつの携帯に気づいた。とたんに眉根がぐぐっと寄るのが自分でもわかる。腹が立つのは紫藤にではなく、これを預かった洵に対してだ。

電源を入れると電話の着信が二件、メールが三件有ると表示される。

昨日の朝方、部屋に戻るとドアノブにかけられた袋に入っていた。どういうことかと洵に問い質すつもりで待っていたのに、いつの間にか眠ってしまい、気がついたときには洵は出かけたあとだった。電話やメールで事情を聞くには微妙な問題が含まれているから、直接話し合いたかったのに、夜は会社に泊まり込みだったせいで、結局諸々《もろもろ》のことが今日になってしまった。

――とにかく、まずは簡単な方から済ませよう。

剛志はメタリックシルバーの携帯を開いて、ひとつだけ登録してある番号を押した。仕事中かと思ったが運よく繋がり、紫藤の嬉しそうな声が耳朶で弾ける。

紫藤のバンドは地方から出てきて割合早い段階でデビューが決まり、さらに運よく最初のシングルがヒットした。剛志がレコーディングを手がけた一枚目のアルバムもかなり好調な売れ行きを示し、トントン拍子《びょうし》に成功したおかげか、紫藤はあまりスレたりせず素直で朴訥《ぼくとつ》な性格を保っている。ただし音楽に関しては神経質になりやすく、レコーディング中は頻繁に落ち込んだり、悩んだりしていた。そのたび、親身に相談に乗っていたせいか、ずいぶん懐《なつ》かれたなとは思ったけれど、まさか恋愛感情にまで発展するとは、迂闊なことに気づいてなかった。

つき合って欲しいと告げる電話の声に向かって、剛志はきっぱり答えた。

「ごめんな。俺今、一緒に暮らしてる奴がいるから」

息を呑む気配のあとに、消沈《しょうちん》した声が続く。

『もしかして、城戸さんの部屋で携帯預かってくれたあのひと？　……全然そうは見えなかった』

——いったい、洵はどんな受け答えをしたんだ。

思わず舌打ちしたくなる気持ちを隠し、携帯は今度会ったときに返すからと告げて電話を切った。

「おかえり。久しぶりだね、夕飯前に帰ってこれたの」

玄関先まで迎えに出た洵の様子に、特に変わったところはない。

剛志は黙ってキッチンのテーブルに紫藤の携帯を置き、椅子に腰をかけた。洵の表情がかすかに強張る。じっとその顔を見つめると、洵は一度視線を逸らし、戻して、最後にふ…っと笑顔を浮かべた。

「その携帯。一昨日の夜、紫藤君ていう子が訪ねてきて、剛志に渡してくれって置いていったんだ」

「……」

「少し思いつめたふうだったから心配だったけど。連絡はした？」

テーブルを離れ、冷蔵庫から作り置きのサーモンマリネを出しながら、世間話《せけんばなし》のように気安く訊かれた瞬間、剛志の中で不機嫌の虫がむくりと起き上がった。

「つき合って欲しいと言われたよ」

テーブルに肘を着いて手のひらで頬を支え、少しだけぶっきらぼうな声を出すと、洵は何かを受け止めたように一瞬動きを止めた。

「…そう。何となくそんな気はしたんだ」

マリネの皿を静かにテーブルに置いた洵の左手には、相変わらず指輪を嵌めた形跡がない。

剛志は頬を支えていた手のひらを額に移し、込み上げてきた苦味に耐えるため目を閉じた。

「――気づいてたのに、受け取ったのか？」

「え？」

「紫藤の目的が俺とつき合うことだって、承知の上で携帯なんか受け取ったのか？」

「それは…」

「どうして断らなかったんだよ？　なんで平気な顔してるんだよ…!?」

言い募るうちに、ずっと抑えてきたものがあふれそうになる。言葉にしたことで、ずっと遠ざけていた自分の不安も明確になった。

煌のライブを観に行った夜から、少しずつ洵の気持ちが見えなくなってる。

表面は変わらない。穏やかでやさしいよくできた恋人。……いや友人に近い。

そう、洵からは恋する人間としての情熱がほとんど感じられない。嫉妬したり、たわいもないわがままを言ったり甘えたり。相手を好きなら当然出てくるそういった諸々がほとんどない。本音がきれいに隠されて少しも見えないのだ。まるで、剛志との別れを決意して福岡に逃げ出す直前のように。

「どうして…」

やきもちのひとつも焼いてくれないのか。ふたりだけのときも指輪をしてくれなくなったのはなぜか。そして、部屋の荷物がちっとも増えないのは…。

——洵、おまえ本当に俺のことを好きなのか？

そう問いつめたい気持ちをぐっと抑える。そんなあからさまな聞き方じゃ駄目だ。洵は十年間も親しく友人づき合いをしながら、片想いを隠し続けてきた鉄壁《てっぺき》の自制心の持ち主だ。もしも、…もしも剛志が怖れているように気持ちが冷めてしまっていたとしても、きっと『好きだよ』と、あの穏やかな笑顔で言うだろう。

「紫藤君のことは、たぶんそうじゃないかなって思っただけだよ。仕事絡みかもしれないから断れなかったんだ」

剛志の不安を裏づけるように、洵は妙に物わかりのいい答えを口にした。けれどそんなことが聞きたいんじゃない。

「じゃあ、紫藤の目的が最初からわかっていたら、ちゃんと断っていたか？」

「それは…、僕がしていい判断じゃないから」

「——…」

一瞬、へたり込みたくなるほどの情けなさに襲われた。どうしてそんなにあっさりと受け入れるのか。公正さと正直さには感心する。だけど、洵にはやきもちを焼くという感覚がないのか？

「洵は自分の恋人に寄ってくる虫を追い払う気はないんだ？　もしかして、俺に言い寄る人間がいても平気だったりする？」

「そんな…、だけど…」

煮え切らない答えに、洵の真意がつかめなくなってくる。彼は確かに大らかで包容力がある。けれどそれは愛情が深いわけじゃなくて浅いからなのか？　まさか。いや、しかし…。

「洵は、もしかして俺と…別れたいって思ったりしてるのか？」

そんなわけはない。問いかけは否定されることを前提にしたもので、『嫌だ。嘘でもそんなこと言うな』と泣いて詰ってくれたらそれで満足。痴話喧嘩につきものの、相手の真意を探る常套《じょうとう》手段。

『別れ』という単語が剛志の口から出た瞬間、洵の顔…というより全身から生気が消え失《う》せた。何かを探すように胸元をさまよった右手は、すがるものを見つけられなかったのか力なく垂れ下がる。それから目を閉じて大きく息を吸い込み、静かに吐き出してから、覚悟を決めたように口を開く。

けれど洵の言葉は剛志が期待したものとは違った。

「もし…剛志がそれを望むなら、僕には何も…」

「な…んだよ、それ」

何も言うことはない？　それとも何とも思わない？

さすがに堪《こた》えた。おまえの気持ちは、そんなにあっさり別れを受け入れられる程度の想いだったのか。十年も片想いしていたせいで、成就したとたん気が済んだとか、一緒に暮らしてみたら幻滅したとか、そういうことか？

口にしたら、それもあっさり認められてしまいそうでぐっと呑み込む。そのまま握りしめた拳をテーブルに着いて立ち上がった。動きを追う洵の視線が揺れる。けれど何も言わない。

「――頭、冷やしてくる」

このまま傍にいたら無理やり抱いてしまいそうだから、とは言えなかった。

『今、東京にいるんだけど。今夜会えない？』

出張で東京に出てきた西嶋から携帯に連絡が入ったのは、剛志と気まずい行き違いをした翌日だった。洵は承諾の返事を出し、それから剛志にも『今夜は遅くなる』とメールを打った。遅くなるといっても、きっと剛志の方があとの帰宅になるだろうけど。

八月に入った都心の夜は、日没後数時間経っても一向に熱気が去らない。待ち合わせに指定された本社ビルの最寄《もよ》り駅、その駅前広場に作られた小さな噴水に近づくと、約束の五分前にもかかわらず、先に来ていた西嶋が嬉しそうに手を上げた。

オフィス街のため、無意味にたむろする若者は少ない。噴水前で待ち合わせをしている人々は、小さな水流が作る気休めの涼よりも、快適な空調を求めて誘い灯の瞬《またた》く店へと消えていく。

「久しぶりです」

「元気だったか？」

はい。と返事をすると、西嶋は親指をクイと立て、悪戯《いたずら》を企《たくら》む子どものような笑顔を浮かべた。

「例の彼とは、うまくいってる？」

周囲には決して聞こえない小さな声で尋ねられた瞬間、洵の中で何かがふっつり解《ほど》けた。

「はい」

笑顔でそう答えた唇に、ぽつりと水滴がこぼれ落ちる。

「あ…れ？」

噴水から飛んできたわけではない。洵はあわてて指先で拭った。拭う端から次々に流れ落ちる雫を拭いながら、自分でもどうして突然涙がこぼれるのか不思議で笑ってしまった。

「変だな…、すみません。急に、こんな」

眼鏡を押し上げてシャツの袖で涙を拭いながら、西嶋に詫びる。周囲には汗を拭いているように見えればいいのだけど。

西嶋は何も言わず、街頭でもらったらしい未開封のティッシュを差し出してくれた。

「剛志とは、長いつき合いで…。長いといっても友達としてで、その…恋人としてのつき合いは去年からなんですけど」

「へえ」

噴水のわきで突然泣き出した洵が落ち着くのを待って、近くの居酒屋に誘った西嶋は、二杯目の水割りに口をつけながら相槌《あいづち》を打った。向かいの席で揚《あ》げ出《だ》し豆腐《どうふ》を突《つつ》いている洵の手元では、すでに三杯目のグラスが空になっている。店内は全ての座席が個室形式になっているので、他の客に会話を聞かれる心配はない。

「彼、すごくモテるんです」

運ばれてきた四杯目で唇を濡らし、洵は酔いを自覚しながらとりとめのない告白を続けた。

「ああ、そんな感じだったね」

淡々とした西嶋の受け答えには、ほどよく先を促す効果があった。

滅多に会えないけれど、口が堅くて信頼できて相性がいい。何よりも、洵が同性とつき合っていることを承知の上で、こうして話を聞いてくれる。これほど相談しやすい相手もいない。それに甘えていることを自覚しながら洵は続けた。

「すごくモテるから、今まで何人ものひととつき合って、でも長続きしたことがなくて…」

「一番長くてどのくらい？」

「一年…かな」

「ふうん。で、瀬尾さんとはどのくらい続いているの？」

答える前に指先で胸元を探る。小さな硬い感触を見つけたとたんなぜか皮肉な思いが込み上げた。

「一応、一年三ヵ月。でも、そのうち一年は東京と福岡に離れていたから、実質まだ四ヵ月分くらい…だと思いたい」

グラスを両手で包み込み祈るようにまぶたを伏せた洵の言葉に、西嶋はどうやら洵の言いたいことを察したらしく、「ああ、なるほど」とうなずいてみせた。

「僕は…ずっと剛志に片想いしていて、隠して傍にいたけどずっと好きで、苦しくて…。去年の五月、奇跡みたいに想いが通じてつき合い始めたのに。正直、こんなに不安になるなんて思わなかった」

「やっと手に入れた恋だから、なくすのが怖い？」

的確な指摘に、洵はこくりとうなずいた。

「始まってしまったら、いつかは終わりがくる…。何も始まらなかったときは、終わりを恐れる必要もなかったのに――」

本人には言えない不安と恐れを吐き出したとたん、また少し涙ぐみそうになる。さすがに気恥ずかしくて、グラスを傾けることでごまかした。

「その不安を、そのまま彼に伝えたら？」

当然の提案に洵は力なく首を振った。頭の揺れと一緒に身体も揺れる。相当酔ってるなと自覚しながら、その酩酊《めいてい》感に今は救われている。

「剛志は、そういうの苦手なんです。重かったり湿っぽかったりすると負担になって、それが原因で別れたことも何度かあって」

だから、信じたいのに信じることができない。剛志に対する不信ではなく、彼を引き止めておけるだけの魅力が自分にはないことを知っているからだ。自分より容姿も才能もずっと秀でた人々でもうまくいかなかった。

「…僕はそれをずっと傍で見てきたから」

怖くて言えないという語尾に「ふー」と大きな溜息が重なった。明確な言葉にしなくても、それが西嶋の剛志に対する不満と呆れの表れだということはわかる。西嶋は何か言いかけて思い直したように口をつぐみ、水割りをひと口飲んで顔を上げた。

「――さっき、どうして突然泣いたの？」

声も口調もこれまでとほとんど変わらない。けれどそれが今夜、西嶋の一番尋ねたかったことだと何となくわかった。

「昨夜《ゆうべ》、ちょっと行き違いがあって…。気持ちがうまく伝わらなくて」

思い出したとたん目頭《めがしら》が熱くなる。素面《しらふ》のときであれば、もっとうまく感情を制御できただろう。けれど今は無理だ。剛志の苛立ちを含んだ視線、どこか責めるような口調。当事者にしかわからない、そんな些細《ささい》な変化が不安の種になり、心がざわめく。

友人と恋人は違う。友人だったときは耐えられたことが、恋人になった今は苦痛でしかたない。ずっと好きでいて欲しい。いつまでも愛してもらえるという確かな保証が欲しい。口に出して直接訴えることのできない願いは、浅ましいほど大きくなりすぎて胸が苦しい。無意識に胸元をまさぐる指先に、西嶋の不思議そうな視線が向けられるのも気づかないまま、洵は
ぽつりとつぶやいた。

「――嫌われたら、きっと生きていけない」

酔いが言わせた弱音でも、それが洵の偽らざる本音だった。

「ここで大丈夫です」

居酒屋を出たのは十一時過ぎ。泣きながら飲んだせいで普段よりアルコールのまわりが早かったらしく、足下が微妙に危うい洵を心配して西嶋はタクシーをつかまえ、マンションまで送り届けてくれた。

店から目黒のマンションまで二十分足らず。それでもある程度の酔いが醒めるには充分だった。

「なんだか、いろいろすみませんでした。そしてありがとうございます」

洵はぺこりと頭を下げ、表玄関《エントランス》に暗証番号を入力した。ピッという小気味よい電子音とともに、ロックの外れる音がする。扉の開閉は自動ではなく手動だ。把手《とって》をつかんだ瞬間、背後で西嶋がぽつりとつぶやいた。

「もしも彼とうまくいかなくなったら、俺のことを…思い出してもらえたら嬉しい」

「え…？」

振り向くと、西嶋は洵から二歩の距離に立ち尽くし、照れ隠しなのか手のひらで口元を押さえてわずかに視線を落とした。

「それは、あの…」

どういう意味かと問いかけて突然閃《ひらめ》く。そういえば以前はスキンシップの多かった西嶋が、今夜は一度も自分から洵に触れてこなかった。そこに彼の本気を感じて、洵は把手から手を離し、きちんと西嶋に向き合った。

「ありがとう…。西嶋さんのことは先輩として、友人として大好きです。でも、れ…恋愛対象として見ることはできません。すみません」

迷う素振りを見せず断りの言葉を一気に言い終えたのは、変に期待を持たせることは罪だと思うからだ。あきらめきれない片想いの辛さは誰よりもよく知っている。

ひとは辛いとき、笑顔を浮かべることで相手と自分に助け船を出す。西嶋は口元を覆った手のひらをあごから首筋に滑らせると、『そうか…』とつぶやいて切ない笑みを浮かべた。

「じゃ、これからも友人関係限定ということで。愚痴《ぐち》を吐きたくなったら遠慮なく連絡してくれ」

洵がぎごちなくうなずくと未練を断ち切るように片手を上げ、待たせてあったタクシーに乗り込んで去っていった。

赤い小さなテールランプが住宅街の狭い路地の角に消えてしまうまで、洵はぼんやりと見送った。

珍しく二日続けて日付変更前に帰宅できたのに、こんなときに限って洵の帰りが遅い。

仕事ならまだしも飲みに行くからという理由には、昨夜の気まずい口論のこともあって多少の引っかかりを感じながら、そこまで束縛して干渉《かんしょう》する権利はないとがまんした。

剛志は時計を確認して立ち上がり、冷蔵庫を開けた。冷えたビールに手を伸ばしたとたん背後で小さな電子音が響く。振り向くとキッチン兼リビングの壁に取りつけられたインターフォンのランプが点滅していた。近づいてモニターをマンションの入り口表示に切り替えると、洵の姿が映し出される。

その姿は通常ならほんの数秒で画面から外れ、さらに数分後には部屋のドアを開ける音が聞こえるはず。しかし今夜、剛志が見つめる小さなモニターの中の洵は、いったん手をかけた把手から離れ、背後に立つ人影と向き合った。広角レンズの奥に映し出されたスーツ姿の男には見覚えがある。

束《つか》の間《ま》考えて名前を思い出したとたん、剛志は部屋を飛び出した。

玄関ホールにたどり着くと、こちらに背を向けた洵が、走り去るタクシーを名残惜しそうに見送ったところだった。

「洵」

こちらを向き直るのと同時に扉を開けて名を呼ぶと、洵は硬直して立ちすくみ、それから取り繕うような笑顔を浮かべた。何かやましいことがあったに違いない。とっさにそう感じた。

「剛…志」

かすれた声。酔いのせいだけとは思えない、泣きはらしたあとのような目元をはっきり見分けた瞬間、凶暴な何かが込み上げた。弛《ゆる》められた首元、しわになりかけた上着。それを見ていきなり浮気を疑うほど短絡《たんらく》的じゃあない。けれど、理屈では制御できない場所でうねり始めた感情がある。

近づくと洵からは酒と汗、それから居酒屋でついたのだろう煙草と料理の匂いがする。自分の知らないところで染みついた雑多な匂いごと、腕をつかんで引き寄せた。

「剛…」

戸惑う身体を抱きしめると、おずおずと背中に手がまわされる。そのことに心底ほっとした。

「さっきの、福岡のときの同僚だろ？　わざわざ東京まで洵に会いにきたのか？」

「…まさか。出張のついでに飲みに誘ってくれただけだよ」

一瞬、かすかな間があった。嘘ではないにしても何か隠している。直接尋ねる代わりに身を離し、あごに指をかけて伏せ気味の顔を持ち上げてから指先で赤味の残る目尻をたどると、洵は恥ずかしそうに手のひらで目元を隠した。

「これは…。仕事のことで相談してたら、ちょっと気持ちが高ぶって涙が…」

笑ってごまかそうとしても、自分以外の男の前で泣いた事実は変えようもない。止めてくれと叫びそうになった。勘弁してくれ。自分に気のある男に無防備な姿を見せないでくれ。それに俺の前じゃ平気なふりをするくせに、どうして他の男の前で涙を見せたりするんだ。

「——あいつに、泣かされたとかじゃないだろうな」

「そんな、違うよ。本当に、彼は話を聞いてくれただけで」

じゃあ自分から進んで弱味をさらしたということか。酔って、泣いて、相談して。

「泣くほど辛いことがあるなら、どうして俺に言ってくれないんだ」

抑えたつもりなのに責める口調になってしまった。案の定、洵は困ったときに見せるあいまいな笑みを浮かべ、わずかにうつむいて黙り込んでしまった。こんなふうに殻を閉じてしまうと、洵はそれ以上何を聞かれても本当のことをしゃべらなくなる。泣いた理由を聞き出そうとしても無駄。わかっていても懇願せずにいられない。剛志は強く握りしめていた両手を開いて差し出した。

「洵…、頼むから」

言いたいことがあるならはっきり言って欲しい。自分の中に抱え込んでしまわずに。俺は洵に都合のいい恋人を演じて欲しいわけじゃない。悩みも苦しみも一緒に受け止めて乗り越えていける、そんな存在でありたいんだ。

込み上げる激情を抑えるために息を吐き、言い募ろうと口を開いた瞬間、表玄関《エントランス》前にタクシーが滑り込んできた。剛志が顔を上げると、洵も、自分たちがいつ人通りがあるかわからない場所で抱き合っていたことに気づいたのかあわてて身を離し、訪問者の邪魔にならないよう端に寄ろうとした。その肩を軽く抱き寄せ、部屋へ戻ろうと身を翻しながら、成りゆきでちらりとタクシーの方を見たとたん、動きを止めた。

「……煌？」

「え？」

剛志が口にした名前に、洵は敏感に反応した。

招かざる客人に対して身構えるふたりの視線の先で、ゆっくりとタクシーから降り立った煌は、顔を上げて洵と剛志の姿を確認したとたん安堵《あんど》の表情を浮かべ、その場に崩れ落ちた。

「煌…ッ！」

意外なことに、先に駆け出したのは洵だった。剛志もすぐにあとを追う。

「煌、大丈夫か？」

「お客さんの知り合いですか？　このひと、酔ってるわけでもないのに、乗ったときからずいぶん具合が悪そうで、病院行きますかって勧めたんだけど頑《がん》として嫌がってね。このまま連れてくなら救急病院に着けますよ」

心配して車から降りてきた初老のタクシー運転手が、洵と剛志に向かって伺《うかが》いを立てた。

剛志が洵の顔を見るのと、洵がこちらを向いてうなずいたのはほぼ同時。運転手に向かって「お願

いします」と頭を下げようとしたとき、煌の腕が弱々しく伸びて洵の二の腕をつかんだ。

「や…だ、絶対、行かな…い」

「煌」

洵が窘《たしな》めるよう名を呼ぶと、煌は脂汗《あぶらあせ》の浮かんだ蒼白《そうはく》な顔をゆるゆると振って頑《かたく》なに言い重ねた。

「…病院は、嫌だ」

その首筋から第三ボタンまではだけた胸元にかけて見覚えのある鬱血痕《うっけつこん》を見つけ、剛志は素早く事情を理解した。

「ダメだよ煌、具合が悪いならきちんと」

「洵」

振り向いた洵に、目線で素早く首筋の赤い痕を示す。洵もそれを見て察したようだ。

「本人が嫌がってるので、今夜は俺たちで責任もって様子を見ます」

剛志が約束すると運転手は愁眉《しゅうび》を開き、軽い会釈を残して車に乗り込み去っていった。

煌は目を開けているだけでも辛そうにぐったりしている。それでも意識はあるらしい。幼児が母親に甘えるように洵にすがりつき、「洵ちゃん…助けて」と小声で訴えた。

事情がはっきりするまで無下にはできない。それでも従弟という立場を盾《たて》に洵に甘える煌に対して、縄張りを荒らされたような不快感を感じる。自分の中に生まれた大人げない感情をねじ伏せるように、剛志は煌の身体を洵からそっと引き剝がし、なるべく揺れないよう静かに背負って部屋まで連れ帰った。とりあえずリビングのソファに横たえて、洵が脈を取り熱を測り、ケガの有無を確認している間に、お湯とタオルと着替えを用意してふたりに近づく。五月に買ったばかりのソファは肘掛け部分が外側に倒れるタイプなので、簡易ベッドとしても使える。寝心地はそう悪くないはずだ。

「どうだ？」

「なんだか朦朧としてるみたい。言ってることがけっこうちぐはぐで…」

質問に答えた洵の意識が自分から剛志へ逸れたと悟った瞬間、煌は目を瞑ったまま洵の手をぎゅっと握りしめた。うつ伏せ気味で、腹部を守るよう身を丸めた姿勢は本能的なものだろう。

「煌、大丈夫だよ。ここは安全だから」

洵がやさしく声をかけながらやわらかなタオルで額の汗を拭き、髪を梳くように何度か頭を撫でているうちに、煌はすぅ…と寝入ってしまった。苦しげに寄せられた眉根がゆるむと、目の下にできた隈《くま》が目立つ。具合が悪い原因のひとつは寝不足かもしれない。

「ちょうどいい。身体を拭いて着替えさせよう」

剛志が小声でささやくと洵もうなずいて、そっと煌のシャツに手をかけた。黒地に銀と赤で蔓薔薇《つるばら》や竜や十字架が刺繍《ししゅう》された派手なシルクシャツは、よく見ると五つあるボタンのうち四つが千切れ飛んでいる。ファッションで着崩していたわけではなかったのか…。何らかの剣呑さを感じたのは自分だけではなく、洵も露になった煌の身体を見て息を呑み、救いを求めるようにこちらを振り返った。

「誰かに暴行された…？」

洵がそう思うのも無理はない。シャツで隠れていた部分には鬱血と噛み痕が無数に散っていた。特に集中しているのがわき腹から臍《へそ》まわりにかけて、うなじから肩胛骨《けんこうこつ》にかけてだった。

「いや。本人の様子から無理やりという印象は受けなかったけど」

煌は無理強《じ》いされたからといって易々《やすやす》と身体を開くような人間ではない。万が一脅されてしかたなくだったとしたらなおさら怒りを募らせるはずで、意識をなくす前に悪態の十や二十くらい吐いただろう。修羅場《しゅらば》慣れしていない洵の手が動揺で止まる。剛志は代わりに煌の革ズボンを手早く引き下ろし、下着と一緒に脱がせてしまった。

「……っ」

背後で再び洵が息を呑む。自分の眉間にも思わずしわが寄るのがわかった。

臍まわりから続く鬱血と噛み痕は、脚のつけ根から腿の内側と性器の根本に集中していた。尻臀にもいくつか噛み痕が残っている。

唯一の救いは、出血をともなうようなひどいものはひとつもなかったこと。どれも、ひとつひとつは普通の愛噛の範囲に収まる。ただし数が尋常《じんじょう》ではない。薄いものから濃いものまで幾重《いくえ》にも重なっているということは、これが一日二日でつけられたものではないことを示している。

痕を避けて双丘《そうきゅう》をそっと押し開くと予想通り、そこにも過度のセックスの名残が見て取れた。

十日、半月。いや下手をしたら一ヵ月近く。

「やっぱり病院に連れていった方がいいんじゃないかな」

「……煌が目を覚ましたら確認しよう。診《み》てもらう内容が内容だから本人の意思を尊重した方がいい」

心配する洵にそう答えながら、手早く汗を拭き取りスウェットパンツとTシャツを着せてやった。

今はインディーズでの活動に固執《こしゅう》してるとはいえ、煌はいずれ必ずメジャーデビューを果たす日が来るだろう。必ず成功するとは誰にも保証できないが、有名になれば過去をほじくり返すハイエナのような輩《やから》が必ずつきまとう。その時に備えて、医者に診てもらうならマスコミに対して口とガードが堅いところを選ばなければならない。

「そう…だね。とりあえず今夜は僕が看《み》てるから、剛志は部屋でやすんで」

洵はソファの向かいのテーブルを片づけ、客用の折り畳みマットレスで自分の寝場所を作ると、慣れた様子で枕元にタオルやスポーツ飲料、嘔吐《おうと》に備えて新聞紙をつめたビニール袋等を用意した。

そういえば、昔の煌は身体が弱くて寝込むことが多かったと言っていた。そのせいで看病慣れしているのか。眠る煌を見つめる眼差しは、日頃の苦手意識を微塵《みじん》も感じさせないやさしいものだった。

その懐深さ。ヨロヨロになって転がり込んできた煌をひと目見て、とっさに目的は何だろうかと邪《じゃ》推《すい》した自分とは根本の器《うつわ》が違う。

洵はやさしい。本人はかなり自分を過小評価しているが、いざというときの心の広さと包容力は、誰にでも備わってるものではない。以前は漠然と把握していたにすぎないそうした魅力は、恋人になってから一層輝きを増して剛志を惹きつける。

——誰にも渡したくない。

それは強い執着と独占欲という、剛志がかつて抱いたことのない感情となり、油断するとすぐに暴れ出しそうになるのだった。

煌が転がり込んできた三日後、日曜の夜。

三十六時間ぶりに部屋へ戻った剛志を待っていたのは、とりあえず起きて食事ができるようになった煌と、彼が告げたとんでもない要望だった。

「しばらく居候《いそうろう》させてくれだと!?」

寝不足や疲労とは違う意味で目眩《めまい》を感じる。剛志は額に手をあてて、大げさに驚いてみせた。

冗談じゃない。居候どころか、そろそろ自分の家に帰れと言おうと思っていた矢先だ。

「煌、おまえ少しは遠慮しろよ…」

俺と洵は一年の遠距離恋愛を経《へ》て、四月からようやく一緒に暮らし始めた、言ってみれば新婚みたいなものなのに。新婚四ヵ月目の新居にどこの人間が居候しようと思う?

「自分の部屋はどうしたんだ」

「前彼が…、あ、この痕つけた男なんだけどさ、思い込みが激しいってゆーかちょっと質《たち》が悪くて、しばらくアパートには戻りたくないっていうか」

もっともらしい理由をつけてはいるが、テーブルに頬杖をついて壁のカレンダーを見つめる煌の態度からは、あまり深刻さは感じられない。

「おまえのわがままにつき合えるのは、おまえにベタ惚れしてる奴くらいだ。ちょっと声をかければいくらでも部屋に泊めてくれる男が、五人や十人はいるだろ? そいつらに頼め」

「でも、洵ちゃんはいいって言ったよ?」

「いいかげんなことを言うな。洵がそんなこと言うわけないだろ。なあ」

確認するつもりでテーブルの斜向《はすむ》かいの洵に視線を送ると、洵はさりげなくまぶたを伏せて信じられないことを言い出した。

「一週間くらいだって言うし、それくらいなら僕は平気だから」

剛志は驚きのあまり絶句した。――いったい、何を考えているんだ。

混乱しかけた頭でめまぐるしく理由を探り、ようやく思い至った。

洵には幼い頃、煌にしてしまった仕打ちに対する負い目がある。そしてそれを長い間悔やんできた。そのことが原因で、好きだという気持ちを自分から相手に告げられなくなったほどに。

去年の五月、福岡まで洵の気持ちを確かめに行ったとき、その口から『好き』という言葉を引き出すのにどれほど時間がかかったか。相思相愛になっても、洵の中には他者の愛情を乞うことを自らに禁じている部分が根強く残っている。それだけ、煌との関係の中で作られた傷が深いということだ。

高校時代、華やかな魅力をまき散らし、全校生徒で名前を知らない人間はいないほど有名だった煌の陰で、ひっそり目立たぬように彼のフォロー役に徹していた洵を思い出す。当時は従兄で兄代わりだからという理由を鵜呑《うの》みにして、洵の行動を当然のことだと見逃していたが、ふたりの因縁《いんねん》を知ってしまえば、その関係は歪《ひず》みを含んだものだと気づく。

「煌、あまり洵のやさしさに甘えるな」

負い目のせいで洵が言えないなら俺が言ってやる。たとえそれが煌を傷つけることになっても、洵が傷つくよりはましだ。俺は洵を守りたい。

「甘えてなんか…」

予期した通り煌の瞳に傷ついた色が浮かぶ。煌は昔から、頼ろうとする相手に突き放されると弱い。

だから拒絶する者を本能的に避け、自分を受け入れてくれる者を敏感に嗅《か》ぎ分ける。

自衛手段としてのそうした行動全てを否定はしない。ただし、今の自分たちに頼られるのは困る。

俺と洵だって今はそれほど余裕がないんだ。

腕を組んで拒絶の意志を示すと、煌は救いを求めるように洵を見つめた。それに応えて、

「剛志、ありがとう。でも僕は本当に平気だから」

煌をここで追い出したら心配で却って眠れなくなる。洵はそう言って許しを求めた。

「どうして…」

洵の真意がわからない。気持ちが見えない。『平気だから』？　何が平気なんだ。ちっとも平気そうには見えない。なのにどうして煌を受け入れようとするんだ。俺が出した助け船を拒絶してまで、そこまで煌のことを庇う必要がどこにある？

無意識に握りしめていた拳で思わず膝を叩いた瞬間、剛志は自分がひどく苛立っていることに気づいた。これ以上話し合いを続けても、どうせ埒《らち》は明かない。

大きな溜息を吐き、それから目を閉じて、もう一度深呼吸をしてからしかたなくうなずいた。

「一週間だけだからな」


一週間だけだと言ったのに――。

結論から言えば、三週間が過ぎた九月の頭になっても、煌はまだ居候を続けている。

最初から居候に反対だった剛志にしてみれば、部屋に戻って煌の顔を見るたび『いつになったら出

ていくつもりなんだ』と腹が立ってしかたがない。煌がいるせいで洵とふたりきりになる時間がなかなか取れず、そのせいで、紫藤の一件以来どうにもうまく噛み合わなくなっている関係を話し合うことも、修正することもできないでいる。

その苛立ちが、煌の居候を積極的に許している洵にまで向いてしまいそうだと自覚した時点で、剛志は自分の気持ちが落ち着くか煌が出ていくまで、なるべく部屋に帰らないようにしようと決めた。

それでもたまには、洵と煌が起きている時間に帰宅することもある。

ほぼ一週間ぶりに顔を合わせたとたん、またしても煌がとんでもないことを言い出した。

「オレ、今夜から洵ちゃんの部屋で寝ようと思うんだ」

初めはリビングで寝起きしていたものの、夜中や朝方に剛志が帰ってきたとき目が覚める、落ち着かない、という居候にあるまじき贅沢な理由らしい。

「駄目だ」

冗談じゃない。これ以上邪魔をされてたまるものか。ひと月近くにわたって降り積もった苛立ちを込めて即座に却下《きゃっか》すると、煌は「じゃあオレはどこで寝ればいいんだよ」と厚かましく唇を尖らせた。

「俺の部屋」

洵と一緒に眠らせるくらいなら、その方がずっとマシだ。どうせ煌のことだから、洵の部屋で寝起きすることを許せば、早晩《そうばん》ベッドにまでもぐり込むに違いない。そんなことを許すわけにはいかない。

「え、何それ。剛志、オレと寝たいの？」

阿呆《あほう》。おまえと寝たいんじゃない、洵と一緒にさせたくないだけだ。とは、さすがにはっきり言うことができず口籠る。そのためらいが洵に与えた影響を、このときまだ理解していなかった。

「でもそれだと、結局夜中に目が覚めるのは一緒じゃん」

「俺は洵の部屋で寝るからいいんだ。いいよな、洵」

煌の言い分は無視するかたちで振り向いて多少強引とは思いつつ同意を求めると、洵は一瞬ホッとした表情を浮かべ、それからすぐに、直視できない問題を避けるように視線をさまよわせた。

苛立ちを抑えようとして少し口調がきつくなったせいだろうか。気をつけなければ。

そんな剛志の心中を逆撫でることが目的だとでもいうように、煌は反論した。

「駄目だよ。それじゃ今度は洵ちゃんがよく眠れなくなるだろ。オレが洵ちゃんの部屋で寝れば済む話じゃないか」

「……」

――どうしてこいつは、こんなに傍若無人《ぼうじゃくぶじん》なんだ。自分の立場を少しは弁《わきま》えろ。

怒鳴りつけそうになる自分を抑えるため、目を閉じて一呼吸おく間に、洵が先に答えてしまった。

「…あ、うん。でも、僕は煌と一緒でも構わないよ?」

「それは駄目だって言ってるだろ。煌が寝るのは俺の部屋、ただし床限定。ベッドは使うなよ」

「何だよそれ。一時《いっとき》でも恋人だった人間に向かってずいぶんな仕打ちだな」

煌にとっては軽口のつもりだったのだろう。けれど過去の関係を口にしたとたん、洵の顔からすっと血の気が引いた。表情は変わらない。だからこそ受けた衝撃の深さを物語っている。

煌との会話が洵の気持ちを損なっている。そのことにようやく気づいた剛志は、さっさと会話を切り上げることにした。

「文句があるなら出ていけ。ここは俺と洵の家だ」

洵を背後に庇い、煌を玄関側へ追いやるように立ち位置を変え、戸口を真っ直ぐ指差してきっぱり宣言する。とたんに煌の顔色が変わった。

「な…んだよ！　つき合ってた時は散々可愛いとか好きだとか言ってたくせに、飽きて別れたとたん邪魔者扱いかよ」

剛志の本気を嗅ぎ取ったとたん、それまでかぶっていた余裕の仮面が剝がれ落ちたらしい。

「あんたも、あいつも…ッ。――あんたたちはいつもそうだ。最初は好きだとか愛してるとか散々調子のいい言葉で甘やかすくせに、オレが本当に欲しいものを要求したとたん、手のひらを返すんだ」

必死の形相で食ってかかる。けれどそれは目の前の剛志にというより、ここにはいない誰かに対する憤《いきどお》りのようだ。

「…煌、落ち着いて」

なだめる声に煌は目元を歪めた。剛志の背後に庇われている姿を見て、視線と身体の向き、そして攻撃の矛先《ほこさき》を洵に変える。

「洵ちゃんも覚悟しといた方がいい。今はそんなふうに大切にしてもらって幸せだろうけど、剛志は飽きっぽいからね。オレのときは八カ月、セックスに飽きたって理由で別れ…」

「煌！　いいかげんにしろッ」

剛志は、わざと洵が不安になる言葉を選んで吐く煌の胸倉《むなぐら》を、つかみ上げて壁際に追いつめた。

「でたらめを言うな」

別れた理由は性格の不一致だ。『最近セックスがまんねりでつまらない』と愚痴られたから、それを機に『おまえだって少しは努力しろ』とこちらの不満をぶつけた。あとは売り言葉に買い言葉で、お決まりの喧嘩別れ。

煌はどこまでも貪欲に愛を求め、剛志はそれに応え続けられるほど彼に愛情を感じられなかった。それだけの話。それを…、

「おまえ、何の権利があって俺たちの仲までかきまわそうとするんだ？　自分が振られたからって八つあたりするんじゃない！」

口調がきつくなるのは、もちろん理不尽《りふじん》な言いがかりをつける煌への怒りのせいだが、正直、過去につき合ってきた何人もの恋人たちと長続きしなかった、自分に対する後ろめたさもあった。

「——もう一度言う。出ていけ」

胸倉をつかみ上げた拳で力まかせに喉元を押し潰そうとした瞬間、理性が甦る。いくら腹を立ててもヴォーカリストの喉を潰すわけにはいかない。

中途半端に力の抜けた指からシャツの襟元が外れて、煌はズルズルと壁に沿って崩れ落ちた。

「……ここ…追い出されたら、もうどこにも行くところがない…」

両手で顔を覆って悲痛な声を絞り出す煌の姿は、普段の奔放さからはかけ離れている。帰る家をなくした子どものような姿を見かねて、先に情けを差し出したのは洵だった。

「剛志、それくらいで許してやろう…。煌は僕の部屋で寝てもらう。で、僕は剛志の部屋のベッドを

使うよ。それならいいよね？　夜中に帰ってきても僕は気にしないから」

煌に対する憤りで強張った腕が、洵のやさしい声と手のひらにそっと触れられてほぐれていく。

「洵、煌が言ったこと真《ま》に受けるなよ。俺がこいつと別れたのは、こいつのわがままに耐えきれなくなったからだ」

――わかってるよ。煌のわがままには僕も苦労したから。

剛志が期待したのは、そんな答えとやわらかな肯定《こうてい》。けれど現実は、洵は困ったときに浮かべる笑みと、あいまいなうなずきを返しただけだった。

「洵…？」

明らかに納得していない洵にきちんと説明しようとしたのに、煌の横槍《よこやり》に邪魔される。

「嘘じゃない。剛志が恋人と長続きしないのは事実じゃないか」

いったん静まりかけた怒りが再燃して、剛志は一歩踏み出した。その腕を再び洵に引き止められ、

「もう、この話題は止めよう。…お願いだから」

必死に平静を装いながら、かすかに震える声で頼まれてしまえば、握りしめた拳を下ろすしかない。

「煌も、それ以上剛志を刺激するな。部屋《ここ》に置いて欲しいなら、最低限の礼儀は守れ。いいな？」

しゃがみ込んだ煌の傍らにひざまずいた洵の言葉に、煌はゆっくり顔を上げ小さくうなずいた。

その瞳を潤ませる涙と、溺《おぼ》れる者がすがる何かを見つけたときに宿る色を見て、剛志は確信した。

一見奔放で移り気に見える煌が、昔からずっと好きだったのは、そして本当に愛情を得たいと思った唯一の人間は、洵だったのだ。

ライヴの夜からたぶんそうだろうと思っていたが、これではっきりした。

今から思えば高校時代、剛志を誘ったのも洵から遠ざけるためだったのかもしれない。

「――……洵」

やっぱり煌を傍に置くのはまずい。そう言いかけて口を閉じ、拳を握りしめる。さすがに本人の前で言うわけにはいかない。それに今言っても、同じやり取りのくり返しになるだけだ。

煌は明らかに俺と洵の仲を裂こうとしている。洵はその理由を、煌が俺と縒りを戻したがっているからだと思っているんだろう。だから煌が昔の話を持ち出すたび、ひどく傷ついてしまう。

ばかばかしいその誤解を一刻も早く解かなければいけない。それなのに煌がいる限り、洵と冷静に話し合うことは不可能に近い。

とにかく煌に出ていってもらうことが先決だ。

居場所がないと言い張るなら、居場所を作ってやればいい。

煌が情緒《じょうちょ》不安定になった原因を探るために必要な交友関係を思い浮かべながら、あとしばらくの辛《しん》抱《ぼう》だと、剛志は自分に強く言い聞かせた。


九月の第二週。金曜のテレビ番組に文句をつけるのに飽きた煌が、ぽそりとつぶやいた。

「洵ちゃんは、オレに出てけって言わないんだね」

煌は、洵が退《ど》けと言わない限り常駐《じょうちゅう》しているソファに寝そべり、サイドラックから音楽雑誌を引っ張り出しながら顔を上げた。煌が座り込んだ場所には一時間足らずで、雑誌、音楽CD、リモコン、脱いだ服、タオル、マグカップ、スナック菓子の袋等が散乱し始める。子どもの頃からのつき合いで、それが一種の自衛本能だと知っているから、洵はあまり目くじらは立てない。そして剛志にあれだけはっきり出ていけと言われたのに、『どこにも行く場所がない』と泣き崩れた人間を、それでも追い出せるほど自分は強い人間でもない。

「どうして？」

重ねて問われて答えに窮《きゅう》する。

確かに。あれだけひどいことを言われたにもかかわらず、腹も立てず、部屋から追い出しもしない洵の態度は、煌にしてみれば不思議でしかたがないのだろう。

洵の中の剛志と煌の仲を疑う気持ちは、これまで間近で見てきた煌に対する剛志の態度でほぼ拭い去ることができた。もちろん、過去につき合っていた事実を持ち出されるのは辛い。それでも、だからこそというべきか、つき合っていた人間に『飽きた』と言われて捨てられた煌が、いつか来るだろう未来の自分に重なる。ここで煌を見放すことは、未来の傷心《しょうしん》を抱えた自分をも見捨てることになると思えるから、とはさすがに言えない。それにもうひとつ、煌を引き止めている狡《ずる》い理由が洵にはある。

そのどちらも口にしないまま、洵は逆に煌に問い質した。

「おまえこそどうして」

ここまで僕を頼るのか尋ねようとした瞬間、携帯メールの着信音が鳴り響く。尻ポケットから取り出して確認すると、剛志の仕事場のＰＣからだった。

『携帯を忘れた。今夜もたぶん帰れない。明日また連絡する』

用件のみの素《そ》っ気《け》ないメッセージに肩を落とし、深い溜息を吐きながら携帯をポケットにしまうと、それを待っていたように煌がソファから半分身を起こした。

「剛志から？　今夜も帰ってこないって？」

煌は自分を邪険に扱う剛志がいないと気が楽になるのか、洵がうなずいたとたん清々《せいせい》とした表情を浮かべる。続けて何気なくつぶやかれた言葉に、自分でも驚くほど強い衝撃を受けた。

「最近ほとんど帰ってこないよね」

そう、剛志はこの頃ほとんど部屋に戻ってこない。帰宅の有無を知らせる連絡も素っ気なく、そしてどこかよそよそしい。剛志のそうした全ての言動が、別れを切り出すための前フリ…前兆だと言われれば、そうだとうなずくしかない。

「剛志にしては長続きしてると思ったけど、そろそろ限界かな」

思わず唇を噛みしめた洵の動揺に気づいたからか、それとも単に偶然か。煌は追い討ちをかけるようにぽそりとつぶやいて、再びソファに身を埋めた。

煌はときどき、洵がその時一番怖れていること、気に病《や》んでいることをズバリと言いあてる。

『洵ちゃんも覚悟しといた方がいい。今はそんなふうに大切にしてもらって幸せだろうけど、剛志は飽きっぽいからね』

思い出したとたん、足下が崩れ落ちるような感覚に襲われる。たぶんこれが絶望というものに違いない。身体の芯《しん》から悲しみが染み出して、自分が冷たい砂になって崩れていくような。自分は取るに足りない存在だと暗《あん》に思い知らされるような虚《むな》しさ、そしてやるせなさ。

煌の言葉を否定する材料が洵には何もない。

剛志とふたりきりで向き合えば、必ず訊かれる。『どうして指輪をしないのか』『どうして紫藤の携帯を受け取ったのか』『どうして西嶋の前で泣いたのか』。

たくさんの『どうして』に答えようとすれば、自分の中にある醜さをさらさなければいけない。

剛志が嫌う嫉妬深さや独占欲、寂しさや身勝手な欲望。そういうドロドロした重い感情を見せず、うまく隠したまま彼と向き合うのは無理。そして自分の醜さを見抜かれた瞬間、剛志の気持ちはきっと離れていく。これまでの剛志の様々な言動や、自分に対する態度、そして何よりも今の状況が、それを証明している。

ちょうど転がり込んできた煌を盾にして、剛志と向き合う瞬間を引き延ばすのにも限界がある。いずれ、彼に捨てられるという辛い現実と対峙しなければならない。

洵は溜息をついて、煌に確認した。

「煌、おまえバンドの方はどうなっている？」

居候もそろそろ一ヵ月目になる。その間、煌は近所のコンビニやレンタルビデオ店以外どこにも出かけていない。洵が昼間会社に行っている間、バイトやバンドの練習に行ってる様子もない。いくらなんでも、そんな生活をずっと続けるわけにはいかないはずだ。

「三ヵ月のＯ《オ》ＦＦ《フ》期間」

「…なるほどね」

ということは、あと二カ月は居候を続けるつもりか。

――たったの二カ月。それが自分と剛志の間に残された時間なのかもしれない。

洵は覚悟を決めてそっと目を閉じた。


壁に据えつけられたスチールラックの上に無造作に置かれた麻のジャケットの中で、剛志が忘れていった携帯が、今夜三度目の振動を始めた。静かな夜の中に響くマナーモードの着信音は三回で止まる。イルミネーションライトがしばらく点いたままなのは、相手がメッセージを吹き込んでいるからだろう。

闇の中に淡く浮かび上がる時計を見ると午前二時十五分。

こんな時間に伝言を残すのは仕事相手か、それともプライベートだろうか。

「……っ」

頭をもたげかけた不安を抑えるように、洵は剛志の匂いがかすかに残るタオルケットの中で身を丸めた。自分の腕で腰を抱きしめて、剛志が帰ってきたとき抱き寄せられる感触を思い出す。

部屋の半分近くを占めるダブルベッドでキスをして、朝方の数時間、身体の一部を触れ合わせて眠るだけの日々がもう何日続いているだろう。煌が転がり込んできてからだから一ヵ月か…。

胸元を探り、体温と同じ温もりを宿す銀のリングを鎖から外して指に嵌めてみる。

――…寂しい。

剛志には決して言えない気持ちが涙になってまぶたを濡らす。スン…と鼻をすすり上げると同時に、背後でカチャリとドアが開いた。

「……剛志?」

玄関を開ける音が聞こえなかったのは、洵の部屋よりも防音が効いているからだろう。予定よりも早く帰ってきたことへの喜びよりも不安が勝った。いよいよ別れを切り出されるのだろうか。

急いで涙を拭って半身を起こす。半開きのドアの向こうが暗いせいで、部屋に入ってきた人影の輪郭は闇に融けてあいまいだった。

「おかえ…」

り、と言い切る前に、近づいてきた人物が剛志ではないことに気づく。

「煌?」

「…洵ちゃん、一緒に眠らせて」

子どものようにベッドに入れて欲しいとつぶやいた煌は、洵が許しを口にする前に、するりと身体を滑り込ませてきた。寝惚けているのかもしれない。

こら、約束が違うぞと抗議して追い出すのも気が引ける。どうせベッドは広いんだし、まあいいかと位置をずらして背を向けると、その背中にこつんと額があてられた。薄いパジャマの生地越しに煌の体温がじわりと染み入る。「洵ちゃん…」と小さく名を呼ばれて、「何?」とささやき返す。

「この間は、ごめんね。…ひどいこと言って」

「ああ…」

剛志に出ていけと言われた日のことか。気にしてないとも、怒っているとも言いかねて黙り込むと、

「オレ、捨てられたんだ」

煌はかすれ声でつぶやいた。

「最初はすっごい無礼で強引で、オレ絶対こんな奴のこと好きにならないって思ってたのに」

一ヵ月近く、ほとんど監禁《かんきん》に近いかたちでセックス三昧《ざんまい》の日々を送るうちに、感覚が麻痺《まひ》したのかほだされたのか、いつの間にかその情熱と自信に満ちた言動に惹かれ始めていた…と。

「監禁…って、それで逃げ出してきて、だから部屋に戻れないのか？」

「違う、逆。『俺が好きなら従順になれ、もしも逃げたりしたら追いかけない』って言われて、腹が立ったから逃げてきた」

「え…？」

まさかそれで振られたと言うのか？

「最初は本気で逃げ出すつもりだった。——けど、だんだん日が経って、もし自分の部屋に戻ってもあいつから本当に何の接触もなかったら…って考えると怖くて」

「煌…」

溜息しか出てこない。それで帰る場所がないと言い張ったのか。

「そのひとのこと今でも好きなんだろう？　だったら少しは譲歩《じょうほ》すればいいじゃないか。監禁じみた…ってのは問題だけど、きちんと話し合ってお互い納得のいくかたちでつき合えばいい。どうしておまえは恋人にわがままばっかり言うんだ。だから続かないいんだよ」

振り向いて、つい兄の口調で言い諭すと、煌はむくりと起き上がりムッとした口調で反論した。

「オレはありのままの自分を見せてるだけだ！　それで離れてくような相手は本気じゃない」

「……」

「洵ちゃんこそ剛志に都合のいい恋人を演じてばっかりで、全然自分の気持ち出してないじゃないか！　放っておかれて泣くほど寂しいなら、そう言ってやればいいのに。『僕と仕事、どっちが大事なんだよ』って」

見てないようでよく見ている。細心《さいしん》の注意を払っている剛志と違い、煌相手には気を抜いて接していたせいかもしれない。言いがかりのような煌の言葉は、洵の不安や本音を的確に衝いていた。

「——ばか。言えるわけないだろ」

「どうしてっ？」

「おまえみたいに我を張って、捨てられたくないから…だ」

つい正直に本音を漏らしてしまってから、後悔して口をつぐむ。この話はこれで終わりにしよう。そう態度で示すために、洵は薄いタオルケットを頭からかぶって煌に背を向けた。

けれど煌の気持ちは収まらないらしい。背後で駄々っ子のように身動ぐ気配がする。

「へえ？　それで、毎日剛志の帰りが遅くて誰かと浮気してるかもしれないって疑っても、内心嫉妬とか疑心暗鬼でドロドロになっても、そんなことおくびにも出さず、物わかりのいい理想の恋人を演じてるってわけだ。——滑稽《こっけい》だね、惨めだね！」

「煌、止めろ。剛志は浮気はしないしふた股もかけない」

「今まではね」

胸がズキリと軋《きし》んだのは、不安を言いあてられたせい。

「……どうしてそんなにひどいことばかり言うんだ」

振り向いてケットから顔を出し、理不尽な言いがかりを続ける従弟を見上げた。

同時に煌の視線がケットをつかむ左手に落ち、そこで鈍《にぶ》く光る銀色の指輪を見た瞬間ひどく苦しそうに顔を歪める。洵の指に嵌った指輪が、自分では手に入れられなかった幸福の象徴に見えたのかもしれない。煌はさっきまでとは違う、どこか狂気を孕《はら》んだ口調で言い募った。

「――ひとの心は変わる。どんなに努力したって報《むく》われないことがある。オレは母さんに愛されたくてずっといい子にしてた。でも母さんはオレを捨てて出ていったじゃないか！　永遠なんてない。いつかみんな離れてく。愛を誓ったその口で、オレに出てけと罵倒《ばとう》するんだッ」

「煌、落ち着け」

「もう誰も信じるもんか。洵ちゃん、オレには洵ちゃんだけいればいい…っ」

呆然と見上げた視界が黒い影に覆われる。部屋の中はブラインドの隙間から差し込む街灯の明かりで、目が慣れれば輪郭と、うっすら表情がわかる程度の薄闇。

「洵ちゃんの言うことは正しい。ありのままの姿を見せて、ずっと好きでいてくれる人なんていない。だからオレにはもう洵ちゃんしかいないんだ」

馬乗りにのし掛かられて、まさか殴られるのかと身構えた瞬間、無防備になったわき腹を両手でつかまれ、そのままパジャマをたくし上げられた。

「…え？　煌？　おい…、何のつもり」

途中何年かブランクがあったとはいえ五歳の頃から今日まで、長いつき合いの中で一度も考えたことのなかった展開に戸惑う洵の隙を衝き、煌は手慣れた仕草で抗う両手をかいくぐり、胸元に顔を埋めた。

ブラインドから差し込む光の縞《しま》が天井《てんじょう》を横切り、壁のスチールラックの角で途切れた。マンションの前を車が通ったのだろう。状況にそぐわないことを考えたのは、現実逃避の表れかもしれない。

洗いざらしの綿パジャマの下は何も着ていない。剝き出しになった胸に吸いつかれ、さすがにこの状況はまずいと悟る。

「煌！　いいかげんにしろっ」

体格はほとんど同じなのに、煌は外見にそぐわぬ腕力の持主だ。発声のために腹筋を鍛え、ライヴ活動では重い機材を自分たちで運ぶことが多いからだろう。本気で抗《あらが》った腕を捕らえられ、じりじりとベッドに押しつけられてしまう。

「駄目だ、止めろ。…頼むから」

乳首に歯を立てられて背筋に快感とは対極の震えが走る。煌は本気だ。このままではマズイ。

胸を離れた唇で首筋を吸い上げられ耳の後ろを軽く噛まれた瞬間、洵は渾身《こんしん》の力を振り絞って身をよじり、従弟の身体の下から逃れようともがいた。煌はその首筋に顔を埋《うず》めながらかき口説《くど》いた。

「洵ちゃん、…助けてよ」

子どもが泣き出す寸前のような弱々しいかすれ声を聞いた瞬間、洵の中に幼い頃の情景が甦り、情け心が芽生えた。洵の抵抗が弱まったことに勢いを得たのか、煌はすがりついた両手でパジャマのズボンと下着をつかんで引き下ろそうとする。

「…煌。駄目だ。こんなことをしても…何の、解決にもならな…い」

それでも懸命に押し留めようとする洵の抵抗を、煌は簡単に退《しりぞ》けて上着の合わせをつかんで思いきりわり開いた。煌の行動は常軌《じょうき》を逸《いっ》したまま正気にかえる気配がない。千切れ飛んだボタンのひとつが頬にあたった瞬間、洵はあきらめとともに力を抜いて煌を見上げた。

たとえ刹那《せつな》の交《まじ》わりでも、肌を重ねた温もりで癒《いや》されることはあるだろう。それで煌の傷が癒《い》えるなら抱きしめてやってもいい。たとえ満たされる代わりに、互いを食い潰して堕《お》ちていくだけの未来が垣間《かいま》見えたとしても。

――どうせ僕もすぐに剛志に捨てられてしまうんだ。

捨て鉢な気持ちで、洵は力が入らずにぐらつく腕を、無造作に煌の肩にまわした。

午前三時。

夜間照明が、ぶれた影を足下に落とす表玄関に、タクシーから降り立った剛志は、後ろに続いた男に向かって小さくうなずいた。男は目を細めて階上を見上げ、煙草を取り出すために内ポケットに突っ込みかけた右手を途中で引き戻し、所在なげに口元とあごをひと撫ですると低い声でつぶやいた。

「あいつ、こんなところに隠れていたのか」

剛志が徹夜予定だったミックスダウン作業を切り上げて帰ってきたのは、突然仕事場に訪ねてきたこの男のせいだった。煌が洵に暴言を吐いたあの日以来、剛志は仕事の合間を縫って煌の交友関係をあたり、つい最近までつき合っていたという男を探していた。情報の集まりは捗々《はかばか》しくなく、あきらめかけていたところへ、相手の方からやってきてくれたのだ。どうやら剛志が探していることをどこからか聞きつけたらしい。

「近所迷惑にならないよう、手早く頼みます」

剛志がささやき声で念を押すと、男は鷹揚《おうよう》にうなずいて歩き出した。身長はほぼ同じ、歳はひとまわり違う。年齢の分だけ全身に貫禄《かんろく》が漂っている。

「この部屋です」

響かないよう声を潜めて静かに錠《じょう》を開け、先に男を部屋に上げる。

「起こしてきますから、甲斐さんは居間《ここ》で待っていてください」

そのまま甲斐を待たせて洵の部屋の扉をノックしてみる。返事はない。さすがに煌でも寝ているか。剛志は時計をちらりと確認してから「入るぞ」と声をかけ、静かにドアを開けた。そしてそこが無人であることを確認した瞬間、舌打ちしながら飛び出した。リビングを突っ切って廊下を進み、自室のドアを開けたとたん、闇の中で抱き合うふたりの姿が飛び込んできた。

「……ッ」

あまりのことに声も出ない。全裸に近い姿でベッドのわきに横たわっているのが洵。青白く見えるその身体を覆うようにのしかかっている長髪の男は煌。そして煌の肩にまわされた二本の腕が、押し

返すためではなく、すがりつくためのものだと理解した瞬間、剛志の中で何かが切れた。

激しすぎる怒《いか》りは青白く燃える炎に似ている。高温すぎて揺らめくことも音を出すこともできず、静かに全てを焼き尽くす。

——この野郎…！

ふざけるなと怒鳴りつけたいのに声も出ない。煌に対して、そして洵に対しても。

震える拳を握りしめ、憤然と部屋に入っていく剛志の後ろに立った甲斐が、ドアのわきにある照明スイッチを中指の背でパチリと押した。数瞬の間をおいて、三連の蛍光灯が部屋の隅々を照らし出す。ベッドでいくらか争ったあとずり落ちた跡はあるものの、それ以上抵抗した様子はない。脱げかけのズボンと下着を片足にまといつかせたまま、両脚の間に煌の身体を受け入れて横たわる洵を見れば、ふたりが合意の上で行為に及ぼうとしていたことがわかる。

剛志は明かりの眩しさに怯《ひる》んだ煌の首根っこをつかんで洵から引き剝がし、呆然と目を瞠るきれいな顔を殴りかけた拳を寸前で止め、目的を鳩尾《みずおち》に変えてめり込ませた。

「ッぐ…ぅ」

「おまえ、自分のしたことわかってるんだろうな…？」

そのままふらついて倒れ込むことを許さず、胸元を揺すり上げて苦痛に歪む頰に軽く張り手を食らわしてから、壁にぶつける勢いで放り出す。あとは甲斐がなんとかするだろう。そして残るのは、

「洵…」

情けなさと怒りのあまり口の中で名をつぶやくと、それきり声が出なくなった。

横たわる洵の傍に無言で近づくと、洵は気怠《けだる》そうに身を起こし、震える指先ではだけたパジャマの前をかき合わせようと身動いだ。その上着のボタンがほとんど弾け飛んでしまっているのを見つけて、最初から合意だったわけではなさそうだと気づく。けれど最終的に受け入れたなら結果は同じだ。

――いったい何を考えているんだ。

うつむいたきりの洵は、乱れた前髪が目元にかかって表情も気持ちも見えない。

問いつめようとした瞬間、背後で男の低い声とそれに抵抗するような煌の上擦った声が響いた。

「城戸君、世話になったな。こいつは責任もって連れ帰るから」

「ちょ…ッ！　冗談じゃない、誰があんたについていくなんて言った⁉　オレを捨てたくせに、今さら何しにきたんだよ…、や…止めろ！　離せ！　は…ッ」

剛志は苛立ちのあまり勢いよく振り向いて「さっさと帰ってくれ！」と怒鳴った。今はそれどころじゃないんだ。

甲斐は大きな手で煌の口元を覆い、耳元で何かささやいた。そのとたん煌の抵抗がピタリと止まる。

「それじゃ」と、軽く手を上げた甲斐に、そのまま半ば抱き上げられる恰好で身を委ねた煌は、最後まで悔しそうに唇を嚙みしめたまま、一ヵ月近くを過ごした部屋からようやく出ていってくれた。

迎えにきた男に連れられて煌が出ていってしまうと、部屋は不気味な静けさを取り戻した。

煌に強く押さえ込まれたとき捻《ひね》ったせいか身体の節々《ふしぶし》が痛い。ひどく興奮したあと特有の虚脱《きょだつ》状態で力も入らない。それでも脱がされたズボンだけは引き上げようと身動いだ瞬間、剛志が振り向いた。

「――いったい、おまえは何を考えてるんだ…？」

胸の奥から絞り出すような、押し殺した静かな声が、逆に剛志の受けた衝撃の強さを示している。

まだ朦朧としていた洵は、剛志の声に含まれる強い憤りの気配に気づいてぼんやりと顔を上げた。

剛志は目元を歪ませながら洵の目の前にひざまずくと、顔を挟むように両腕を壁に着いて顔を寄せ、

「もしかして、俺がどんなに追い出そうとしても煌の居候に協力して部屋に置き続けたのは、俺が留守の間にあいつと寝るためだったのか？」

「ち…」

違う、それはひどい誤解だ。

そう反論しかけた唇の動きを封じるように、剛志はさらに辛辣《しんらつ》な問いを重ねた。

「じゃあどうして俺が部屋に踏み込んだときあいつの肩に手をまわしてたんだ。嫌がってるようにも抵抗してるようにも見えなかったぞ」

「それは…」

恋人に捨てられたと思い込んで傷ついた煌を慰めたかった。――違う。近い将来、剛志に別れを切り出されて傷つくだろう自分を重ねて、慰めようとしただけかもしれない。どちらにせよ、あれは愛情や欲望ではなく、傷を舐め合うだけの行為にすぎない。そんな微妙であいまいな感情をどう説明すればいいのかわからず洵が口籠ると、剛志の口元がヒクリと歪んだ。

「――お前、本当に俺のことが好きなのか？」

「え…？」

不意打ちだった。疑問の形をした不信を突きつけられた瞬間、洵の中の最も弱く繊細な部分がよろめいた。まさか自分の愛情を疑われる日が来るとは思わなかったからだ。

「洵は確かにすごくやさしいよ。俺が何をしても怒ったりしないいし、わがままも言わない。だけどいくら心が広くたって、紫藤の携帯を平気で預かったりする神経が理解できない。しかもやきもちひとつも焼いてくれないで。西嶋って奴のことだってそうだ。俺には何も言わないくせに、あいつの前なら泣いて愚痴ったりできるんだよな。その上、煌の求めにまで応えようとするなんて、……信じられない、何考えてるんだよ!?」

「ひど…」

一方的に言い重ねられるあまりにも理不尽な言いがかりに、さすがに耐えきれず顔を上げてにらみつけると、剛志はすかさず言い返してきた。

「ひどいのはどっちだよ。俺はお前の何なんだ。恋人か？　単なる同居人か？　お前の態度からどうやって俺への愛情を感じ取れって言うんだ？」

それは、洵がこれまで剛志のためによかれと思って、そして彼に嫌われたくない一心で耐えてきた全てのことを否定された瞬間だった。

「…ぅ」

息ができない。

言い返したいのに喉が潰れたように苦しくて、口を開いてもかすれたうめき声しか出ない。

洵は両手を何度も握りしめながら浅い呼吸をくり返し、身の内で荒れ狂う激情を抑えようとした。けれど抑えようとすればするほど、渦巻《うずま》く何かがあふれ出そうになる。

洵の裏切りを責めるような、強い怒りと失望に彩られた剛志の顔から視線を逸らし、口元を手のひらで強く押さえてうつむいた瞬間、焦れたような声にさらに追い討ちをかけられた。

「…いったい、お前の何を信じればいいんだ？　俺は、洵に好かれてるっていう自信が持てない」

一瞬、目の前も心の中も全てが真っ白になる。理性も忍耐も正常な判断力も焼き切れた瞬間だった。

洵は温められたゼリーの中に突き落とされたような、奇妙に感覚が鈍磨《どんま》した手足で壁を伝い、よろめきながら立ち上がった。それから握りしめた拳で目元を覆う。

「僕がどんな気持ちで…──、今まで…どんな気持ちで──」

こらえきれず床にこぼれかけた弱音を、今さら言っても惨めなだけだと途中で飲み込む。そのとたん、一緒に立ち上がった剛志が再び手を着いて洵を壁際に追いつめ、挑発するように吐き捨てた。

「何だよ？　言いたいことがあるならはっきり言えばいいだろ」

苛立ちを含んだきつい言葉が、千の針よりも鋭く突き刺さる。

──もう駄目だ…。完全に嫌われた。

洵は絶望とともにまぶたを上げ、涙で歪んだ剛志の顔をにらみつけながら震える唇を開いた。

「僕は、剛志に放っておかれてずっと寂しかった。素っ気ない態度を取られてすごく不安になったし、辛かった。紫藤さんのことだって、本当はすごく嫌だった。ものすごく嫌だった。だけどそういう…嫉妬とか寂しさとか甘えを表に出したら、絶対剛志に嫌われるってわかってるから、だから一生懸命がまんしてきた――」

それなのに、好きなひとに嫌われたくなくて必死に努力した結果が、『お前は信じられない。愛情も感じられない』だなんて。ひどすぎる。最低すぎて笑うしかない。

自嘲を浮かべて吐き出した洵に向かって、剛志は理解できないという表情で首を振った。

「だったらどうして、それを素直に言わなかったんだ？」

無神経ともいえるその言葉に、洵の忍耐力は跡形もなく消え果てた。

「――それが理由でこれまで何度もダメになったのを見てきたからじゃないか！」

叫んだとたん、これまで抑え込んできた不安や辛さ悲しみが殻《から》を破って身体中にあふれ出す。

握りしめた両手を振り上げ、目の前に立つひどい男の胸板を思いきり叩きつけてみた。けれど体格のいい男はよろめきもしない。それがよけいに腹立たしい。洵は代わりに叫んだ。

「剛志は自分が何度、僕に向かって『嫉妬深い奴は苦手だ』って言ったか忘れたわけ？　何度、『わがままな人間は嫌いだ』って言ったのかも!?」

初めて剛志が、目に見えない何かに押されたようによろめいた。

「それは…確かに、だけど」

「もういい」

洵は、要領をえない言葉で必死に言い訳を始めた男を押し退け、離れようとした。

これ以上傍にいても惨めになるだけ。僕は自分の全てを否定された。もうそれで充分じゃないか。

これ以上ひどいことを言われるのは耐えられない。

「違うんだ洵、聞いてくれ」

嫌だと吐き捨て、よろめきながら剛志の脇をすり抜けようとして、一歩も離れられないうちに左腕を強くつかまれ引き戻された。洵が頑なになればなるほど、手首をつかむ剛志の手にも力が入る。

「聞けったら」

「いやだ、離せ。もういやだ…！」

一刻も早く逃れたくて腕を振りほどいた拍子に、指先が剛志の眼前をかすめた。薬指に嵌めた指輪を目にしたとたん、剛志の表情が奇妙にゆるむ。洵はなぜか、弱味を握られたような恥ずかしさと居たたまれなさに襲われた。剛志にとってたいして意味のないものを後生大事《ごしょうだいじ》にしていたことを笑われた気がして、とっさに指からそれを引き抜いた。

「こんなもの…」

とたんに剛志がぎょっとした表情で手を伸ばす。それを避けて、洵は大きく腕を振り上げた。

あとで考えればどうしてそんなことができたのかわからない。けれどそのときは、もう一秒たりとも指輪を手にしているのが耐えられなかった。

自分を否定した剛志へのあてつけだったのかもしれない。

全てを捨てて、何もかもなかったことにしてしまいたかったのかもしれない。

片想いは辛かった。けれど想いが通じてからの方が、恋はもっと辛かった。指輪と一緒に剛志への想いも未練も捨ててしまえたら、楽になれると思ったのかもしれない。

「洵、止め…ッ」

制止を無視して、銀色に光る恋の残骸《ざんがい》を窓に向かって思いきり投げ捨てた。

とっさに行方《ゆくえ》を追った剛志の視線とともに指輪はカツンと乾いた音を立てて窓枠にあたり、弾《はじ》き返されて部屋の隅に消える。

――これで終わりだ。

腕をだらりと下ろして肩で息をする洵を呆然と見つめてから、剛志は無言で指輪が消えたあたりに歩み寄った。洵はそんな剛志に背を向けて、懸命《けんめい》に指輪を探そうとする男を無視した。

痛いほど静かな部屋に、剛志が身動ぐ音だけが響く。しばらくして音が止み、それから立ち上がる気配を感じて、洵はがまんしきれず振り返ってしまった。

剛志は見つけ出した指輪をしばらく見つめてから、あきらめたように大きく肩を落とし、人差し指と親指でつかんだそれを自分の左の薬指にそっと嵌めた。

リングは洵の薬指に合わせて作られたものだから第一関節までしか入らない。剛志はそれでも別に構わないのか、着け心地を確かめるように一度握りしめてから、薬指のつけ根に嵌っている自分の指輪と、第一関節の上で止まっている揃いのリングを愛しそうにひと撫でしてみせた。

その瞬間、洵は自分の行為で剛志がひどく傷ついたことに気づいた。

傷つき、そして怒っている。

顔を上げた剛志が無言で一歩踏み出す。その表情は何か別の考え事をしているような、心ここにあらずといったふうなのに、近づいてくる足取りは大きく容赦がない。

「……あ……」

あっという間に壁際まで追いつめられて、洵は自分の過ちに気づく。けれどももう遅い。ドアに向かって逃げ出す隙はなかった。目の前に伸びてきた手を避《よ》けるために突き出した右腕を、ふたつの指輪を嵌めた左手であっさり捕らえられ、その拘束のきつさに喘いだ。

「ご…剛志、ごめ…」

ごめんなさいと言い終わる前に、有無を言わせぬ強引さで腕を引かれ足を払われる。よろめいたところを抱き留められ、そのまま床に押し倒された。

「や…ぁッ」

殴り合いのケンカをするつもりでもない限り、この体勢に持ち込む目的はひとつ。

乱暴なことをされる心配だけはないと信じている。それでも無言でのしかかってくる剛志の激情を潜ませた瞳に射抜《いぬ》かれた瞬間、背筋に痺れるような震えが走った。

剛志は、洵が指輪を投げ捨てた瞬間からひと言も発していない。言葉に出さなくても、それが彼の憤りの深さと強さを物語っている。

いや、怒りより悲しみの方が強い。ひと言も発しなくてもつかまれた腕から、重ねられた身体から、首筋に埋められた吐息の激しさと食いしばった歯の間からもれるうめき声から、彼の痛みが伝わる。

「…ごめん、剛志」

「許さない」

洵が指輪を投げ捨てた瞬間から、ひと言も口をきかなかった剛志がようやく発した言葉は、期待に反して無慈悲な拒絶だった。けれど冷たい声とは裏腹に、肌をまさぐる指先から刺すような激しさは消え、代わりに男の存在を刻み込むような執拗な愛撫に変わる。

すでに用を為《な》さなくなっていたパジャマの上着があっさりむしり取られ、もう一度「待って」と懇願したとたんズボンが引きずり下ろされた。「イヤだ」と叫んで身をよじると、背後からのしかかられて無理やり唇を奪われた。唯一残された下着にもぐり込んだ左手が、逃げようとする洵を嘲笑《あざわら》うように易々と性器をつかまえ、無造作に弄《いじ》りまわす。口の中で傍若無人に暴れまわっている舌が、ときどき味わうように唇を甘噛みしていく。

「ゃ…や、剛…」

隙を見て唇を外し、ようやく絞り出した哀願を無視して、剛志は捕らえたペニスを嬲り始めた。

その左手の薬指に嵌まるふたつの指輪の感触が切ない。洵はうつ伏せのまま右手でラグにしがみつき、左手で必死に剛志の手首をつかんで動きを止めようとした。

「剛志、止め…て」

切れ切れに細い声を出したとたん、先端を指で抉られて息が止まる。とっさに剛志の左手に爪を立てたけれど動きは止まず、よけい激しくなっただけだった。

「…ぅ」

首筋に噛みつかれて喘いだ拍子に両脚を割り拡げられ、無防備な後孔に男の指先がもぐり込む。何の準備もなくいきなりは無理。それは剛志の方がよくわかっているはずなのに。

いくら怒っていても剛志が自分を傷つけるはずはない。そんな楽観が揺らぎかけた。

「あ、あ…っ」

潤いのないままもぐり込んできた指が半分近くにまで達した瞬間、洵はもう一度謝った。

「ご、ごめんな…さ」

「駄目だ許さない」

頑なな拒絶に涙があふれた。どうすれば赦してもらえるんだろう。

赦しを乞うために抵抗を止めて身体の力を抜くと、後孔に埋め込まれていた指がゆっくりと出ていった。そのまま、やさしいと言って差《さ》し支《つか》えない手つきで仰向けにされる。赦してもらえたのかと期待してまぶたを上げると、剛志の表情は頑なままだった。

「…剛志」

自分の両脚が割り拡げられるのを洵は力を抜いて受け入れた。剛志はゆっくりと洵の中に身を押し進める。それは欲望からというより、どこか儀式めいていた。

「――ッ…あ、うぅ」

考えてみれば煌が転がり込んできて以来、一度も肌を重ねていない。剛志が冷静だったのは最初だけで、打ち込まれる律動《りつどう》は次第に熱を帯び、抜き挿しのたび絨毯《じゅうたん》にすれる背中が摩擦で熱を持ち始める。痣《あざ》だけでなくすり傷もできるかもしれない。

剛志はよけいな愛撫は一切せず、洵の性器と後孔だけを責め続けた。一度目は巧《たく》みに洵のペニスを嬲り、自分とタイミングを合わせて射精させただけだった。これまで経験したことのない、どこか無機質な行為に戸惑いながら身体を起こそうとして、浮きかけた肩と胸が、再び洵の脚を抱え上げた剛志の動きによって床に沈む。そうして剛志は抽挿《ちゅうそう》を再開した。

無言のまま、ただひたすらくり返される抜き挿しの激しさに、二度目まではなんとか耐えられたものの、三度目の吐精《とせい》のあとはさすがに弱音がこぼれる。

「剛…、も…無理」

背後から洵の腰を抱え上げようとしていた剛志が、薄く笑う気配がした。剛志は、肩胛骨に擦り剝けができそうなのに気づいて体位を変えてくれたものの、それ以外は容赦ない。洵が身体をずり上げて激しい抽挿から逃れようとすると、剛志は肩をがっちり押さえ、まるで洵の中に自身を埋め込もうとするかのように激しく穿ち続けた。

——まさかこの責めがひと晩中続くんだろうか。これ以上されたら死んでしまう…。

背後から欲望を押し込まれるたび揺れる頭が、それ以上支えられずに崩れ落ちる。頰が床にぶつかる寸前、胸元にまわされた剛志の腕で抱き上げられる。剛志の欲望に穿たれたまま、壁を背にして座った男の下肢に腰を落とすかたちで再び抱かれた。

「…ぅ…く」

潤滑剤をたっぷり使われているにもかかわらず、後孔はすぎた摩擦に耐えかねて悲鳴を上げている。はれぼったく痺れたそこに剛志自身がひときわ強く押し入った瞬間、洵は声にならない叫びを放ち背後の男の胸に倒れ込んだ。

意識が飛んだ数瞬の空白から醒めると、洵は涙でかすむ瞳を無慈悲な男に向けた。吐息が触れる距離で見下ろしている男の表情は、予想していたような冷たいものではなく、むしろ目元は苦しげに歪み、唇は何か言いたげに小さくわなないている。それがあまりに辛く悲しそうで、洵は震える指を伸ばしてそっと彼の頬にあてた。

剛志にひどい言葉を投げつけられて、洵もひどく傷ついた。けれど、その痛みを相手にぶつけ返したとたん、洵の胸は安らぐどころかもっと深く傷ついた。自分が傷ついたことよりも剛志を傷つけてしまった事実の方が、よっぽど辛い。切なくて、胸に堪《こた》える。

――どう…したら、赦してくれる…？

言葉にならない問いを込めて見つめると、剛志が応えるようにわずかに動きをゆるめた。彼の欲望を身の内深くに受け入れたまま洵は乾ききった唇を舌で少し濡らし、小さく剛志の名を呼ぶ。男の注意が自分の口元に落ちたのを確認してから、大切な言葉をそっと差し出してみる。

「好き…」

剛志の動きがふいに止まる。彼は疑わしそうに目を細め、洵の顔をじっと見つめた。まるで隠された罠《わな》を探す用心深い猟犬《りょうけん》のように。

唇に慣れないこの言葉を自分から口にするのは、そういえば初めて肌を重ねた福岡の夜以来。それに気づいた瞬間、剛志への申し訳なさが強くなる。

――僕がずっと不安だったように、もしかしたら剛志も不安だったのかもしれない。

洵はもう一度くり返した。

「…大好きだよ。――…愛してる」

胸元を支えていた剛志の腕が痛いほど強張ったかと思うと、腰が浮くほど脇腹を強くつかまれた。洵が前のめりになった瞬間、ふたりを繋いでいた熱い雄蕊がずるりと抜け落ちる。

「……――ッ」

突然の解放と衝撃に息をつめて耐える。呼吸が戻る前に、剛志の手でそっとラグの上に仰向けにされる。まぶたを上げると、まだどこか信じきれないといった表情の剛志に見下ろされた。

言葉だけでは伝わらない。それは洵自身が一番痛感していることだ。

うまく力が入らず震える腕を持ち上げ、両手で剛志の首筋にすがりついてわずかに身を起こすと、洵は自分から彼の唇にそっとキスをした。

重ねただけの唇に反応はない。目を閉じたままだから剛志がどんな表情を浮かべているかもわからない。不安になってそっと唇を離そうとした瞬間、強く逞しい腕に抱きしめられた。

息が止まるような激しい抱擁《ほうよう》に応えながら、洵は自分が正しい答えを見つけたことにほっとして、剛志の胸に鼻先を擦《こす》りつけた。温かく情熱的な鼓動が耳元で鳴っている。

決して逃がさないとでも言うような強い抱擁のあと、剛志は洵の顔を覗き込んで切なく訴えた。

「どうして、指輪を捨てようとした？」

「それは…」

低く押し殺した声で尋ねられて洵はためらい、何度か喘いで息を整えたあと、覚悟を決める。

「……剛志にとって指輪《これ》は、別れてしまえば『そんなもの』扱いする、その程度のものだと…。それを僕が後生大事に持っていたことを笑われたと思った」

剛志の指に納まっている自分の指輪にそっと触れながら告げると、剛志は痛みを堪えるように唇を引き絞り、鈍い光沢を放つ指輪を見つめた。

「『そんなもの』なんて、俺がいつ言った？」

「言ったじゃないか。煌のライヴを観たあと、楽屋で」

その瞬間、剛志の顔に失言を認める悔恨《かいこん》の色が浮かぶ。

あのとき受けた衝撃を思い出したとたん、洵の瞳にも涙が込み上げた。

「これをもらったとき、僕がどんなに嬉しかったかわかる？　たぶん剛志が想像する以上に、僕は嬉しかった。剛志がさっき言ったように、自分は今まで剛志がつき合ってきた恋人とは違う。特別なんだって思い違いするくらい浮かれて喜んで…」

「洵、それは違う。聞いてくれ、俺が煌に贈ったのは単なるアクセサリーとしてで、それ以上でも以下でもない。あの頃は指輪を贈ることの意味なんて深く考えていなかった。本当だ」

剛志は切々と訴えながら、洵の左手をやさしく持ち上げた。

「だからもう一度…、これを受け取ってくれないか？」

洵に投げ捨てられたことがよほど深い傷になったのだろう。剛志の瞳には、未だ消えない怯えと悲しみが揺らめいていた。対照的に、指先に掲げた愛の証は傷ひとつなく輝いている。

洵はこくりとうなずいて、剛志が動く前に手の中から指輪をそっと持ち上げた。そして驚く剛志の目の前で左手の薬指に、自ら嵌めて見せた。

「――…ありがとう、洵」

剛志は銀色の光を宿した洵の左手を包み込み、その薬指にうやうやしくキスを落としたのだった。

「俺は洵にもっと甘えて欲しいし、頼って欲しい。少しはやきもちくらい焼いて欲しいし、『寂しい、もっと一緒にいたい』って拗ねてもらえたら、申し訳ないとは思うけどすごく嬉しいんだ。だから恐がらず、もっと頼って欲しい」

場所を剛志の部屋のダブルベッドに移し、改めて入念な愛撫を施しながら、剛志はこれまで足りなかった言葉を補うように言い重ねた。

洵は自分をベッドに縫いつける男の手を握り返しながら、それでも控えめに反論した。

「だけどそういうの、剛志は嫌いだって……」

「確かに…前はそうだった。それは言い訳しない。だけど洵は今までつき合った人間とは違う、特別なんだ。だから同棲までしてるんじゃないか。俺が以前つき合ってた誰とも一緒に住んだことないの、洵だって知ってるだろ。それに指輪だって――」

剛志は一旦口を閉じ、洵の左手を持ち上げて指輪に唇を寄せてから、自分の胸にぴたりと押しあてた。

「これは、本当に特別なんだ」

そうつぶやいて、切なさの混じる笑みを浮かべた。

「口でいくら言ったって、俺には実績がないから。同棲三年目くらいになったら言おうと思ってた。『信じてくれ』って」

「剛志…」

洵は剛志の胸にあてた左手に自分の右手を重ねた。剛志がさらにその上を手のひらで覆う。

そこから染み入る温もりとともに、剛志の偽りのない気持ちが流れ込んでくる。それは洵の中で強く確かな何かに変わった。そっと目を閉じると、剛志は過《あやま》たず洵の望みに応えて唇を重ねてくれた。

熱を帯びた舌を自ら差し出す前に、素早く忍び込んだ男のそれに捕らわれ吸われ、軽く歯を立てられて、思わず腰をよじる。喉の奥を探られるほど深く重ねた剛志の唇が、満足気に震えた。

「ん…」

愛する男の唾液《だえき》を素直に飲み込むと、逆に剛志は洵の喉の奥で生まれた喘ぎ声を吸い取ってから、ようやく唇を離した。脇腹から胸元を軽く押すように十本の指になぞられて、洵は背を浮かせた。乳首を一度に両方つままれて身をよじり、剛志の肩にしがみつく。

ぴたりと重ねられた下肢では、熱く昂《たかぶ》った剛志自身が洵のペニスを小刻みに刺激している。突《つつ》いたり擦《こす》り上げたり、円を描くように押しつけたり。それだけで往《い》ってしまいそうで、洵は顔を埋めた剛志の首筋に歯を立てながらうめいた。

「もう往きそう?」

小さくうなずくと、剛志は赤くはれ上がるほど念入りに責めていた乳首から右手を離して、射精寸前だった洵自身の根本を強く握りしめた。

「…く……ッ」

往きたいかと耳元でささやかれ、洵は首筋にしがみついたままもう一度うなずいた。

剛志はもう片方の乳首を嬲っていた左手を離して洵の膝を大きく抱え上げると、濡れてほころぶ後孔に先端を押しつけた。すでに何度も責められてはれぼったく充血していたそこは、自ら迎え入れるように小さな開閉をくり返している。

　自分の意志に反してふいに蠢く後孔の反応に狼狽えながら、洵はゆっくり押し入ってくる雄蕊を懸命に受け止めた。強引に抱かれた先刻より今の方が辛く感じるほど、剛志の欲望は硬くて大きかった。根本まで隙間なく繋がってしまうと、下腹部を占領する充溢《じゅういつ》感の大きさに呼吸が浅くなる。浮いた腰に枕を押し込んで洵の負担を軽くしてから、剛志は腰を使い始めた。身体の内側を擦られる感覚は、何度経験してもまだ慣れない。抽挿と収縮のタイミングと互いの呼吸が合うまでには、まだ少し時間がかかる。

　洵はシーツを握りしめていた手を伸ばして剛志の胸にぴたりとあてると、脇腹、腕、肩、鎖骨へと何度も手のひらを滑らせた。時折、背中をかき抱き、首筋にしがみついて喘ぎ、肩口に歯を立てる。

　やがて下肢を穿つ律動が激しくなり、何度しがみつこうとしても汗に濡れた肌から指が滑り落ちてしまう。洵が泣きながら救いを求めると、動きをゆるめた剛志がゆっくり顔を近づけてきた。

唇にキス。それから頬、こめかみ、そしてまぶたと鼻先に。

　そのまま両手をベッドに押しつけられた。指は交互に絡めたまま。互いの薬指に嵌めた指輪がどちらのものかもわからなくなるほど何度も握りしめ、温もりを伝え合う。

　剛志がひときわ大きく身を引いた。先端が抜け落ちる寸前で動きを止め、突然の空隙《くうげき》に洵の肛襞《こうへき》が戸惑うように収縮を始めた瞬間、再び根本まで押し入る。最奥《さいおう》を突かれたその衝撃で洵は吐精し、わずかに遅れて剛志も滾《たぎ》る情熱を恋人の中に注ぎ込んだ。身体の奥に広がる自分以外の熱を感じた洵の肛襞が、何度か痙攣《けいれん》のような収縮をくり返す。剛志は息をつめてその圧迫感に耐えながら、自身もさらに二度三度えぐるように腰を打ちつけたあと、満足気な吐息とともに洵の隣に身を伏せた。

握り合ったままの左手を持ち上げられて、洵は短い気絶から意識を取り戻した。

「大丈夫か？」

汗でこめかみに貼りついた髪を指先でやさしく梳き上げられ、心配そうにささやかれ、それにうなずいてみせてから、洵はしっかり剛志の指を握り返した。

言葉も物も、そして心も移ろいゆく。煌が叫んだように永遠なんてどこにもないのかもしれない。

だからこそ、信じることでひとは繋がっていける。

だけどときどき不安になる。だからひとは肌を重ねるのかもしれない。

触れ合うことで生まれる温もりだけが、言葉でも物でも伝えることのできない大切な何かを、育《はぐく》むことができるのかもしれない——。

自分を抱き寄せる恋人の温かな腕の中、洵は、ようやく自分の居場所を見つけたことに深い安堵の吐息をこぼし、微笑みながら眠りに落ちた。


築三十年のマンションを見上げると、部屋の灯りがカーテン越しに暖かな光を滲ませていた。

——ああ、珍しく先に帰ってきてる。

時計を確認すると、時刻はまだ午後八時三十五分。

洵の胸はほっこり温まると同時に、愛するひとと共に過ごす時間への期待で軽く弾んだ。

表玄関のドアを開けてエレベーターホールに向かいながら、ネクタイに指をかけて大きく弛め、シャツの第一ボタンを外す。ペンダントにしている指輪をチェーンから外して、温もりが散らないうちに左の薬指に嵌める。法的には何の拘束力もないけれど、想いを繋ぐ証として定着した習慣には、それなりの根拠《こんきょ》があるのだろう。洵は今、それを身をもって実感している。

一階で待機していたエレベーターに乗り込み、ボタンを押す。いつもは体力作りのために階段を使うのだけど、今夜は一秒でも早く部屋に戻りたい。軽い浮遊《ふゆう》感とともに動き始めた昇降機の中で、洵は自分の左手を目の前に翳し、目を閉じて銀色に輝くリングに軽く唇接けた。

――どんなに高価な贈り物でも、それが未来を保証してくれるわけじゃない。それはわかっている。どれほど真摯な愛の誓いを交わしても、いつまで一緒にいられるかなんて誰にもわからない。

だからこそ、一瞬一瞬を積み重ねて永遠にするしかない。

胸に湧き上がった決意は、これまでの洵には持つことのできなかった前向きなもの。

そしてそれこそが剛志によって与えられ、そして自分も剛志に与えられる恵みなのだった。

荒んだ瞳で『永遠なんてどこにもない』と叫んでいた煌にも、甲斐という人間が現れた。

剛志によると、甲斐は無頼な外見に反してかなりしっかりした人物で、有能なプロデューサーでもあるから心配いらないらしい。それでも、煌が一ヵ月近く監禁紛《まが》いの目に遭《あ》って逃げ出してきたことを告げると、剛志は、

『ああ、たぶんそれも甲斐さんだよ。向こうもずっと煌を捜していたらしい。――煌はわがままですよと言ったら、笑いながら「あれはわがままじゃなくて、愛情に飢《う》えてるんだ」と答えた。…たぶん、

あのひとにまかせておけば、煌は大丈夫なんじゃないかと思う』

だから問題ないと請け負《お》った。洵もうなずいて、胸の中で寂しがり屋の従弟に語りかけた。

――僕はあの夜、お前が何を求めていたのか今でもわからない。僕を抱いても、きっとおまえが欲しがっていた答えは見つからなかったと思う。煌、おまえがないと言い張った『永遠』は案外、甲斐というひとが持っているのかもしれない。だからあきらめるな。

小気味よいベルの音とともエレベーターが止まる。

洵はしっかり顔を上げて、愛しい恋人の待つ部屋へ向かって確かな一歩を踏み出した。

三〇四号室の扉の前で立ち止まり、鍵を取り出して鍵穴に差し込む前に中からドアが開いた。

「おかえり、洵」

「ただいま」

出迎えにきてくれた剛志の視線が目敏く左手に向けられた。恋人の顔に微笑みが浮かぶ。そのまま洵の背中に手を添えてドアを閉めると、狭い玄関でふたりは向き合った。

照れくさくてうつむきかけた洵の左手を、剛志がそっと持ち上げた。それからさっき洵がしたように、銀色の指輪に軽くキスを落とす。

「愛しているよ」

キスの対象はすぐに互いの唇に替わり、そして情熱的な抱擁へと変わっていった。

あとがき

こんにちは。前回あとがき2ページにランクアップしたのに、今回またしても1ページに逆戻りの六青みつみです。

さてスペースもないことですしサクサクといきましょう。まず、今回のタイトルについてちょこっと説明をば。「リスペクト」という単語の意味は……皆さまのご想像通りでありますが、個人的にはそこに『憧れ』も含まれてるような気がします。敬意を抱き憧れるゆえに、相手の言葉や行動・信念などを自分に取り入れ、己も高めていく…という感じでしょうか。

そんなイメージを含めた今回のお話し、楽しんでいただけたでしょうか。これまで私が書いてきた作品の中ではわりとほのぼの甘々系だと思いますが（あくまで当社比）、十年の片想いが成就して喜びつつも大いに戸惑う洵と、経験豊富すぎる（笑）ゆえに苦労する剛志の恋の行方を楽しんでいただけたら幸いです。『尊敬する』

樋口ゆうり先生には雑誌掲載の頃からふたりの関係を素敵に描き出していただきました。本当にありがとうございます。そして回を重ねる毎に「ギリギリ人生」に拍車のかかる私の原稿を的確なアドバイスで導いてくださる担当さまさま、本が店頭に並ぶまでの工程に関わっている全ての方にも深く感謝いたします。これからもよろしくお願いいたします。

二〇〇六年・新春　六青みつみ

初出
リスペクト・キス――――――――2004年 小説リンクス6月号 掲載
フェイス・ラブ――――――――書き下ろし

この本を読んでの
ご意見・ご感想を
お寄せ下さい。

〒151-0051
東京都渋谷区千駄ヶ谷4-9-7
(株)幻冬舎コミックス　小説リンクス編集部
「六青《ろくせい》みつみ先生」係／「樋口《ひぐち》ゆうり先生」係

リンクス ロマンス

リスペクト・キス

2006年2月28日　第1刷発行

著者……………六青《ろくせい》みつみ
発行人…………伊藤嘉彦
発行元…………株式会社　幻冬舎コミックス
〒151-0051　東京都渋谷区千駄ヶ谷4-9-7
TEL 03-5411-6431（編集）
発売元…………株式会社　幻冬舎
〒151-0051　東京都渋谷区千駄ヶ谷4-9-7
TEL 03-5411-6222（営業）
振替00120-8-767643
印刷・製本所…図書印刷株式会社
検印廃止

ISBN4-344-80713-8　C0293
Printed in Japan

幻冬舎コミックスホームページ　http://www.gentosha-comics.net